Das Buch

Schachmatt durch die Dame im Spiel. Kujai ist eine Parallelwelt, in der Madame Heito, die Chefin der mächtigsten Tirade, unbarmherzige Regeln aufstellt. Im Tempel der Lichter veranstaltet sie den Nationalsport des Landes: Gladiatorenspiele mit völlig gegensätzlichen Kämpfern.

Josemin, ein Fremder aus dem Vorort, überwindet die Grenzen seines Bezirkes, um in die verbotene Nachtstadt einzudringen. Zum ersten Mal in seinem Leben sieht er einen solchen Kampf im Kessel. Neben ihm kann die schöne Sai ihre Begeisterung kaum bremsen. Doch im Hintergrund hat auch die Sklavenhändlerin Anoje bereits ein Auge auf ihn geworfen. Wird auch Jo am Ende um sein Leben kämpfen müssen?

IM KESSEL ist ein Thriller voller überraschender Wendungen - und eine Hommage an die Erotik des Kampfes. Maidan erzählt ein modernes Märchen voller gebrochener Amazonen.

Die Autoren

Tomas Maidan schreibt zusammen mit seiner Schwester Sandra. In ihrem gemeinsamen Thriller IM KESSEL sind männliche und weibliche Blickweisen verschränkt. Tomas Maidan lebt in der Nähe von Bremen.

Tomas Maidan

Im Kessel

Thriller

Umschlagentwurf: Montage Jan Meir

Bibliografische Information der Deutschen Nationalbibliothek: Die Deutsche Nationalbibliothek verzeichnet diese Publikation in der Deutschen Nationalbibliografie; detaillierte bibliografische Daten sind im Internet über www.dnb.de abrufbar.

2. Auflage Dezember 2014
© 2014 Tomas Maidan

Herstellung und Verlag:
BoD - Books on Demand, Norderstedt
ISBN: 9783734739002

1. Antreten

Als Anoje den Saal betrat, wurde sie längst erwartet. Gleich drei Frauen taxierten sie mit giftigen Blicken, während Anoje schwankend auf ihren hohen Absätzen voran wackelte. Die Augen auf den Teppich niedergeschlagen, schob sie sich der Tischreihe entgegen. Ihre Hacken sackten ein. Nicht umzuknicken war schwer, auf dem Boden, der mit einem butterweichen Flaum bedeckt war. Anoje strauchelte. Sie fluchte leise.

Vor den hohen Wänden standen mehrere Sofas. Als wären diese unachtsam zur Seite gerückt worden, bildeten sie jetzt ein chaotisches Sammelsurium aus allen möglichen Sitzmöglichkeiten. Eigentlich kannte Anoje das große Zimmer von Madame gut, aber so leer geräumt wie heute hatte sie es noch nie gesehen. Offenbar hatte jemand die Fläche in der Mitte des Raumes eilig vergrößern wollen. Nun umrahmten die Möbel mit feierlicher Zurückgezogenheit die freie Fläche in der Mitte. Dort schwankte jetzt Anoje

Zu dritt erwartete man sie. Anoje äugte ängstlich zu Madame und ihren beiden Helferinnen hinüber, die schweigend hinter einem meterbreiten Holztisch saßen. Madame war eine Frau Anfang vierzig mit wallenden rotblonden Haaren, die sie meistens zu einer Steckfrisur zusammengerafft trug. Jetzt fixierte sie Anoje mit stiller Härte. Wie in einem Gerichtsprozess schlummerten vor ihren Händen einige Papierblätter auf der Holzplatte. Ängstlich blickte Anoje zu den Seiten. Eine Blumenbank ruhte mit blauen Gestecken an der linken Seite, daneben standen ein Bücherbord und mehrere kleine Beistelltische, auf denen Weinflaschen und Aschenbecher schwiegen. Anoje sah ein rostiges Piano und zwei altertümliche Holztruhen. Durch das meterhohe Fenster schwappte der Lärm des Abendverkehrs herein. Milchige Strahlen einer müden Abendsonne sackten durch den Staub. Es war warm.

Anoje wusste, dass es kein gutes Zeichen war, wenn Madame gleich zwei ihrer Assistentinnen mitbrachte. Auch wenn niemand darüber sprach, welche genaue Position Madame Heito zurzeit in der Tirade einnahm, so musste man sich vor ihr auf jeden Fall in acht nehmen. Mit Madame legte man sich besser nicht an - wenn man sämtliche Körperteile beieinander halten wollte.

Der Chefin war es mit einigem Aufwand gelungen, nach außen hin den Eindruck einer seriösen Geschäftsfrau zu hinterlassen. Sie war schlank und besaß ein kluges, bisweilen energisches Gesicht. Ihre Vorfahren stammten vermutlich aus einem europäischen Land, lange Zeit, bevor Kujai zum Mittelpunkt des Trabanten aufgestiegen war. Ihre Familie kontrollierte heute sämtliche Geschäfte, die rund um den zentralen Tempel getätigt wurden. Und das waren einige. Insbesondere die Schauprozesse hatten sich zur wichtigsten Einnahmequelle der Heitos entwickelt. Die Regierung ließ es sich einiges kosten, verurteilte Aufrührer dem Volk vorzuführen. Was immer man gegen Kujai sagen mochte - eines beherrschte dieser Staat in unvergleichlicher Weise: das Statuieren von Exempeln.

Madame saß mit geradem Kreuz in der Mitte der Tischreihe. Ihr spöttischer Mund schien auf einem Bonbon zu kauen. Sie bearbeitete ihn, als könne sie es nicht erwarten, das Ding endlich zum Verschwinden zu bringen. Nein, sie mochte ihn nicht.

Madame wippte ungeduldig in ihrem Lehnsessel und beobachtete mit stiller Wut, wie Anoje über den Teppich balancierte. Wie immer trug Anoje ihr violettes Kostüm, von dem sie fand, dass es einen seriösen und zugleich lieblichen Eindruck auf ihre Kunden machen würde. Ihre Handtasche hatte sie bereits in der Eingangshalle abgeben müssen. Noch nie hatte sie es ertragen können, wenn man sie nach Waffen abtastete - nach all den Jahren, die sie für die Heitos arbeitete. Heute war ihr allerdings zum ersten Mal der Gedanke gekommen, die Wächterin habe ihre Aufgabe wirklich ernst genommen. So penibel prüfend waren die Kontrollhände sonst nie über ihren zierlichen Körper gewühlt.

Was sollte das geben? Anoje, die eine unauffällige Frau mit durchschnittlicher Statur war, wich dem Echsenblick der Chefin aus. Madames grüne Augen waren ihr immer schon wie die eines Leguans vorgekommen. Sie blickten verschlagen und gierig und prüften alles, was sie sahen, nur unter einem einzigen Gesichtspunkt: Konnte man es verspeisen?

Nun sah der Leguan Anoje. Und bekam Appetit.

Anoje war nicht viel jünger als Madame, aber sie hatte sich der Chefin schon immer unterlegen gefühlt. Nicht, dass Madame intelligenter als sie gewesen wäre, das bestimmt nicht. Im Gegenteil: Es schien vielmehr eine Mischung aus impulsivem Instinkt und gesteigerter Eitelkeit zu sein, die Madame befähigte, ihre Position an der Spitze der Hierarchie auszufüllen. Und zu halten. Sie schien zum Herrschen geboren zu sein. Anoje dagegen hatte immer nur treu gedient. Bienenfleißig arbeitete sie alles zur vollsten Zufriedenheit aller ab. Fand sie selbst zumindest.

Das Muster am Boden fesselte jetzt ihre Aufmerksamkeit: Es zeigte eine vielfache verschlungene Blüte, die sich in orangefarbenen Kurven dutzendfach vervielfältigte. Die Bögen der Stile folgten mit einiger Beharrlichkeit dem Ruf der Sonne. Wie elastisch und zugleich zielstrebig sie waren... Die Blüten vergaßen nie ihr eigentliches Ziel, weil die Richtung der Sonne sie ständig anzog und formte. Das machte sie schön.

Madame räusperte sich.

Anoje kippte abrupt das Kinn nach oben, als müsse sie zeigen, dass sie nicht vergessen hatte, Haltung anzunehmen. Doch eigentlich schielt sie jetzt nervös über den Kopf von Madame hinweg. Deren rote Haare wurden von mehreren Bändern und einigen Klammern zu einer hochgetürmten Steckfrisur zusammengehalten. Auch ihr Kostüm, eine gegerbte Lederjacke in tailliertem Stil war in einem abgewetzten Rot gehalten. Madame trug diese Farbe bei allen wichtigen Anlässen.

Jetzt holte Madame tief Luft. Als müsse sie sich vergewissern, dass ihre Assistentinnen ordnungsgemäß neben ihr Platz genommen hatten, blickte sie zu den Seiten. Noch immer besaß ihr Bonbon Material. Ihre langen Fingern spielten mit der goldenen Kette.

Links neben ihr saß eine Frau, die Anoje nicht kannte. Sie trug braune Haare mit einem waagerecht geschnittenen Pony, darunter stieß eine Brille mit kreisrunden Gläsern an. Die rundlichen Wangen verliehen ihrem Gesicht einen kindlichen und gutmütigen Ausdruck. Ein bisschen zu dick war die Frau, wie Anoje fand. Sie blickte verträumt zu Anoje, die verunsichert vor dem Tisch stand. Ihre Beine, die mit grauen Strumpfhosen aus einem grünen Rock unter dem Tisch hervorstachen, hatte die Mollige gelenkig übereinandergeschlagen. An der Spitze ihres rechten Beines baumelte ein Schuh, nur lose aufgehakt über der Spitze ihres Zehs. Sie döste in einer schläfrigen Wohlgestimmtheit vor sich hin. Die Mollige saß ihre Zeit ab.

Anoje sah, wie die Dicke in ihrer linken Hand eine kleine Gabel schwenkte. Wie ein Dirigent wedelte sie damit durch die backige Zimmerluft - allerdings zu einem äußerst schläfrigen Takt. Anoje stutzte. Es war doch völlig unpassend, dass hier, in einer Versammlung bei Madame gegessen wurde! Seit wann war das denn erlaubt? So etwas hatte sie in all den Jahren, in denen sie für die Familie

Aufträge erledigte, noch nie erlebt. Jetzt stach die Braunhaarige hinab in das Tortenstück. Sie musste regelrecht graben, da es unter einem Sahnehaufen verschüttet lag. Kauend spitzte sie die Lippen zu einem kleinen Genießermund. Sie blickte wie ein Kalb auf der Weide und musterte Anoje mit dummer Zufriedenheit.

Nein, Anoje war nicht die Serviererin, die zur Bedienung eilen würde. Und sie würde auf keinen Fall - was immer Madame von ihr fordern würde - irgendwelche Leckereien servieren.

Anoje hörte ihren eigenen Herzschlag. Sie erschrak, als sie erkannte, wer auf der rechten Seite von Madame saß. Es war Susan. Susan Konda war eine große, schlanke Frau mit blonden Haaren, die Anoje seit Langem kannte. Und fürchtete. Su verkörperte all das, was man gerissen und ehrgeizig nannte. Ihre spitze Nase ragte ein wenig zu lang aus ihrem hageren Gesicht heraus. Wie immer, wenn Anoje sie sah, hatte Su sich ihre Augenbrauen eine Spur zu dick mit dunklen Strichen nachgezeichnete. Wie ein blecherner Buchstabe „V" den man weit auseinandergebogen hatte, wölbten sich diese Linien über ihren Augen. Diese Schwärze geriet in einen unguten Kontrast zu ihren blondierten Haaren, wie Anoje fand.

Anoje hatte nie eine gute Beziehung zu Susan gefunden. Dabei besaßen beide Frauen eigentlich viele Gemeinsamkeiten, wenn nicht sogar gleiche Interessen: Nur wenn alle Abläufe in Heitos Imperium halbwegs geräuschlos verliefen, konnten beide ein erträgliches Leben in ihren Diensten führen. Für ein gegeneinander war überhaupt kein Platz - es schadete nur der allgemeinen Reputation, welche die Familie dringend benötigte. Aber Anoje war nie gut mit Susan ausgekommen, was auch damit zu tun hatte, dass die Blonde mehreren Männern den Kopf verdreht hatte, von denen mindestens einer eigentlich mit Anoje befreundet war. Gewesen war. Aber so kam es jedes Mal: Kaum marschierte Susan mit wiegendem

Schritt in einen Raum, richteten sich alle Scheinwerfer nur auf sie. Dabei konnte jeder sehen, dass ihre exaltierte Fröhlichkeit genauso grell und grob aufgetragen war, wie ihre Schminke. Aber Männern war so etwas egal, dachte Anoje. Männer wollten schlichtweg Dinge besitzen, die schnittig aussehen musste. Schlanke Geschosse. Autos, Kampfjets, Frauen: Schnittig, teuer, laut musste es sein. Alles andere war egal. Anoje seufzte in Gedanken. Sollten sie doch alle abstürzen, dachte sie, aus den Kurven fliegen, vor die Bäume knallen. Ihr wäre das recht. Anoje lebte gerne allein, sie liebte die Stille am Morgen und den Geschmack von Vanille-Tee.

Jetzt riskierte sie einen vorsichtigen Blick in das Gesicht der Blonden. Sah man genauer hin, erkannte man, dass ihre Schönheit von einer etwas brüchigen Natur war. In wenigen Jahren würde ihr Glanz abfallen, da war sich Anoje sicher, und man konnte sich mühelos vorstellen, dass Susan dann mit einer anderen Frisur eine grobe und geradezu hässliche Erscheinung abgeben würde. Ihre Gesichtszüge besaßen bereits heute einen Anflug von Herbheit - beinahe, wie die eines Mannes. Nur ihre glänzenden Lippen und die aufwendige Frisur übertünchten dies noch. Aber bestimmt nicht mehr lange.

War es der Stress, der Anoje all dies denken ließ? Susan blickte, wie eine Katze vor dem Sprung. Und Anoje wartete, dass jemand etwas sagte. Im Piano raschelte etwas. Gab es hier Mäuse?

Draußen rauschten die letzten Transporter dem Zentrum entgegen. Gegen Mitternacht würde der Tempel öffnen, doch bis dahin war noch Zeit. Anoje versuchte, locker zu bleiben, konnte aber den Blick nicht von Susans blasiertem Gesicht abwenden. Wenn die Blonde ihren Mund öffnete, was nicht sehr häufig vorkam, sprangen zwei scharfe Vorderzähne hervor, die ihre Attraktivität beträchtlich schmälerten. Nahm Susan ihre vollen Lippen ausnahmsweise zum Sprechen oder gar Lachen in Gebrauch, dann verzerrte sich ihr Gesicht abrupt in etwas Raubtierhaftes. Sie ähnelte dann einer gierigen Ratte. Vermutlich war dies auch der Grund, weshalb sie es vorzog, ihren hübschen Mund nach Möglichkeit geschlossen zu halten. Besser so. Im Ruhezustand wirkte sie wie eine makellose Schönheit, die ihre Wirkung auf Männer mühelos einsetzen konnte. Äußerlich entsprach sie dann dem Ideal einer perfekten, erotischen Frau. Wäre nur ihr Charakter nicht gewesen. Susans Lächeln konnte sich niemand entziehen - obwohl jeder leicht hätte bemerken können, dass ihr Gesicht eine Maske war. Anoje musste an eine Gestalt auf einer venezianischen Gondel denken, die in den Winterkarneval schwebte. Man durfte Susan nicht trauen. Sie war kühl und berechnend und zu jeder Grausamkeit fähig. In all den Jahren hatte Susan immer den entscheidenden Schritt schneller zugeschlagen als ihre Konkurrenten. Susan war in gewisser Weise Madames Mann fürs Grobe geworden. Niemand konnte sie leiden, aber keiner kam an ihr vorbei.

Anoje wusste, dass Susan mit einer beängstigenden Kaltblütigkeit ausgestattet war, wenn es darum ging, unliebsame Geschäftspartner von der Bildfläche verschwinden zu lassen. Sie kannte auch gewisse Methoden, wie man Singvögeln die Flügel stutzen konnte. Man sagte ihr nach, sie beherrsche eine ganze Reihe von Techniken, mit denen sie Verhöre durchführte. Von chinesischer Folter war die Rede. Und Anoje hatte nie einen Zweifel gehegt, dass an den Gerüchten etwas dran war.

Mit stockendem Atem sog Anoje die Zimmerluft ein. Es war trocken. Es wäre ihr lieber gewesen, hätte sie Susan heute hier nicht sehen müssen. Sie blickte nervös auf die Hände der Blonden. Mit spitzen Fingernägeln klopfte diese auf der Tischplatte, als würde sie einen Regenwurm zerschneiden.

Susan knipste ihr klebriges Lächeln an. Das bedeutete niemals etwas Gutes. Als wolle sie ihren Charakter aufpolieren, hatte sie ihre Lippen heute mit einem transparenten Glanz lackiert. Gleichzeitig ging von ihr eine geradezu maskuline Ausstrahlung aus, was vermutlich an ihrem schwarzen Kostüm lag, deren Schnitt sich an einem Herrenanzug orientierte.

Aus der Mitte starrte Madame Heito zu Anoje. Sie fixierte sie und zischte nach einer endlosen Weile: »Da bist Du ja endlich.«

Anoje schwieg. Für einen Moment wollte sie etwas sagen, ein paar Freundlichkeiten daher flöten. Doch der Blick von Madame zeigte ihr, dass sie vorsichtig sein musste. Hier waren keine Reden gewünscht. Anoje strich den Saum ihres Rockes glatt.

»Anoje, meine Mondblume«, hob Madame an, und nannte sie damit süffisant bei ihrem Kosenamen, »du weißt, weshalb wir uns mit dir unterhalten möchten?«

Anoje blickte zu Boden. Die Blütengirlande war wirklich in raffinierten Mustern gestrickt. Eine Zweierpotenz; aus zwei Stilen wurden vier kleine Äste mit sechzehn Blüten. Bei Vier mal vier Seiten machte das insgesamt...

»Blümchen träumst du? Hast du wirklich nicht den blassesten Schimmer, warum wir dich eingeladen haben?«

Natürlich wusste Anoje es. Es hatte mit der Qualität zu tun. Der Qualität ihrer Ware. Es hatte damit zu tun, dass sie bei den letzten drei Abgaben nicht das gewünschte Niveau hatte bieten können. Sie hatte Flops geliefert. Dreimal.

Anoje schob trotzig die Lippen vor, als wollte sie einen Schutzschirm vor sich aufbauen. Es war nicht allein ihre Schuld gewesen, dass sich die Dinge so entwickelt hatten. Das hätte auch Madame wissen müssen. Das Geschäft der Rekrutierung lebte von vielen Faktoren. Eine gute Vorauswahl konnte schnell durch fremde Einflüsse ruiniert werden. Die Analyse war eigentlich gut gewesen, die Fehler kamen durch unvorhergesehene Einflüsse zustande. Man hätte bessere Informationen der Kandidaten gebraucht. Nicht, dass es Pech war, aber man müsse auch die andere Seite sehen. Das alles wollte Anoje sagen.

Sie schwieg.

Die Stille knirschte über den langen, hölzernen Tisch. Susan hantierte jetzt mit einer Nagelfeile und spitze damit ihre Fingernägel an. Der Ton raspelte in Anojes Hirn. Sie sah, wie die braunhaarige Frau auf der anderen Seite sich noch ein Kuchenstück in den Mund hievte. Auch wenn die Mollige dabei mit größter Vorsicht zu agieren schien - sie spreizte affektiert ihren Wurstfinger ab - so erzeugte sie mit ihrer Gabel dennoch ein fürchterlich schabendes Quietschen auf dem Teller. Anoje vermutete, dass die Dicke dies mit voller Absicht tat. Mit nachdenklichem Blick kaute sie dabei.

»Keiner der Männer, die du gebracht hast«, fuhr Madame fort, »hat es auf zehn Minuten gebracht.« Sie hob ein Blatt Papier vom Tisch und las vor: »Kamatschow: zwei Minuten dreiundzwanzig Sekunden.« Sie ließ eine bedeutungsvolle Pause entstehen. »Ravti, eine Minute, zehn Sekunden.«

Anoje kannte die Zahlen.

»Und schließlich Bogatu: Aus nach *einer* Minute.« Madame schob ihre Brille hinab zur Nasenspitze und blickte wie ein Raubvogel über das Gestell hinweg. »Eine jämmerliche Minute. Nicht einmal Sekundenangaben hat der Protokollant hinbekommen. Als er seinen Stift gefunden hatte, war die Sache schon vorbei.« Madame machte runde Augen und durchbohrte Anoje mit einem Blick aus Eis: »Die Kämpfer, die du uns für den Kessel angeschleppt hast, waren alle Flaschen. Flops. Fliegenfänger. Und nun?« Der Kugelfisch blies die Backen auf.

Die Stille schwappte wie ein klebriger Pudding zwischen Madame und der Angeklagten. Susan grinste feixend zu Anoje. Sie interessierte sich nicht für Zahlen. Hinter dem Fenster ging die Sonne in Deckung.

2. Der Läufer

Josemin lief seit Stunden. Jetzt erreichte er nach Kilometern sandiger Tundra endlich die Wiese. Sie erstreckte sich wie ein endloser Teppich vor ihm. Er atmete durch. Die dunkelgrüne Fläche empfing ihn mit einem feuchten Duft der Ruhe. Seit Ewigkeiten hatte er solch eine Stille nicht mehr erlebt. Überwältigt vom Anblick hielt er inne und sah aus schmalen Augen voran. Er erkannte in einigen Kilometern Entfernung die gewürfelten Schatten der Stadt, die sich als eine Silhouette funkelnd in den Abendhimmel hinauf zog. Davor lag ein Beet aus wilden Gräsern. Diesen Moment hatte Josemin lange herbeigesehnt.

Die Wiese war kein Ort, an dem man mit schweren Stiefeln marschieren sollte, dachte er. Der Krieg war lange vorbei. Jetzt, wo er in Kujai eine Bleibe gefunden hatte, war er längst nicht mehr auf der Flucht. Sein Leben war in ruhige Bahnen geraten. Während Jo begann, die Schnürsenkel aufzuschnüren, dachte er an sein neues Leben und wie glücklich er war, endlich in Kujai angekommen zu sein. Er hatte seinen Traum wahr machen können und tatsächlich eine feste Anstellung gefunden: Bei KPP, dem Systemvertrieb für elektronische Bauteile. Er besaß sogar einen eigenen Schreibtisch, die Bezahlung war gut, und sämtliche Überstunden wurden auf einem Konto erfasst. Die Räume waren viel prächtiger und luxuriöser ausgestattet, als er es aus seiner Heimat kannte. Wie das Paradies erschienen ihm die sauberen Flure, als er zum ersten Mal durch die herrlichen Gänge spazieren durfte.

An diesem Abend wollte Josemin Hawel es wagen, sein neues Leben endgültig in eigene Hände zu nehmen. Er würde den ihm zugewiesenen Bezirk verlassen. Er hatte einen Termin.

Noch war es hell. Jo atmete durch, schnürte die Stiefel auf und zog sie von den Füßen. Das tat gut. Viel zu verlockend war jetzt die Aussicht, einfach unbeschwert loszurennen. Monatelang hatte er im Büro gerackert und dazu auch noch abends im Wohnheim die Schulungsunterlagen studiert. Für die Umstellung des Systems, für die er ganz alleine zuständig war, hätte man eigentlich ein komplettes Team gebraucht. Aber Josemin Hawel war nicht irgendwer, er schaffte das ganz alleine. Er war zäh.

Jo fand, dass er sich für heute Abend etwas verdient hatte. Eine Entdeckungsreise, ein Abenteuer. Vielleicht sogar eine Frau.

In der Nachtluft mischten sich die Gerüche von Feldblumen mit verbranntem Kupfer. Jo knöpfte seine Fliegerjacke auf, nahm die Stiefel in die Hand und sprang mit großen Sätzen den Umrissen der Stadt entgegen. Die Strahlen der abtauchenden Abendsonne waren bereits ins Bläuliche gekippt, der Wind griff ihm in die Haare, und die Wiese, über die er nun der Metropole entgegen jagte, erwies sich als sehr viel größer, als zunächst vermutet. Immer schneller wurden seine Schritte, während er über den glucksenden Grund preschte. Der grasige Matsch erinnerte ihn an seine Kindheit. So hatte das Glück gerochen.

3. Schwache Zahlen

Klackernd lief die Perlenkette durch Madames Finger. Anoje, die verloren im Raum stand, wusste, dass dieses Tribunal sich wie eine Schlinge um ihren Hals ziehen würde. Bei Susan schien das Verhör allerdings eine Art von Hochstimmung ausgelöst zu haben. Wie kleine Klingen ließ sie ihre Fingernägel über den Tisch schneiden und fokussierte die Angeklagte mit einem zuckersüßen Röntgenblick. Schläfrig sackten dazu ihre Augenlider herab, als helfe ihr dies, sich in die Seele der Angeklagten zu vertiefen. Was war das bloß für ein Mensch? Diese - wie hieß sie gleich? Man brauchte viel Geduld, um die komplette Sonderbarkeit von einem derart verkorksten Menschen auch nur im Ansatz zu begreifen...

Anoje schwieg. Sie wusste genau, dass man Susan nachsagte, sie liebe es, anderen Menschen Schmerzen zufügen.

Madame fuhr mit leiser Stimme fort: »Wie vertragen sich eigentlich diese Zahlen mit den Grundsätzen des Tempels? Anoje, hörst du mich? Dürfte ich darum bitten, dass Du mir einmal kurz die Grundsätze des Tempels erklären könntest?«

Anoje räusperte sich. Diese Art der Vorführung hatte sie nicht verdient, das wusste sie ganz genau. Aber sie fügte sich in die Demütigung. Leise schmollte sie: »Der Tempel der Lichter fordert: absolute Gleichheit.«

»Bitte etwas lauter, wir wollen es alle hören!«

Anoje legte mehr Druck in die Stimme: »Der Tanz der Gegensätze kann nur bei absoluter Gleichwertigkeit erfolgen.«

Mit trägem Nicken folgte die Rothaarige ihren Worten. Sie könne das nur sehr schwer begreifen, schien ihre Mimik zu sagen. Als müsse sie auf dem Kopf eine kiloschwere Last balancieren, nickte Madame schließlich und wiederholte wie in einem Seegang aus

Marmelade: »Richtig. Absolute Gleichheit. Wie wahr, wie wahr. Und wie ist es zu erklären, dass all die Künstler, die von Frau Anoje in den Tempel gebracht wurden, ihren Auftritt bereits beendet hatten, kaum dass die Einlasstüren geschlossen waren?« Madame ließ die Worte mit schneidendem Ton durch die Stille rollen. Die Gouvernante verlor allmählich ihre Geduld mit der Problemschülerin. »Das hat nichts mit Gleichwertigkeit zu tun«, fauchte sie, »sondern mit Versagertum! Oder sehe ich da etwas falsch?«

»Es war nicht allein mein Fehler«, protestierte Anoje. Irgendwie musste sie sich rechtfertigen. »Es hat auch mit der Ausbildung zu tun.«

Ihre Stimme erstarb unter dem Pfeil aus Eis, den Madame aus schmalen Augen schoss. Das Wort *Ausbildung* hätte sie nicht sagen sollen. Es war ein schmutziges Wort.

Klatschend plättete Madame das Papier unter ihrer Hand. »Die *Ausbildung*?« Ihre Stimme keifte jetzt schrill vor Entrüstung. Sie blickte hinauf zu einem sinnlosen Punkt unter der Decke, der sehr weit über Anojes Kopf schweben musste. In stummer Wut presste sie die Lippen aufeinander.

Anoje sah, wie die Blonde sich an Madames Ohr beugte. Zwar flüsterte sie mit demonstrativer Heimlichkeit, aber sie dosierte ihre Stimme doch derart geschickt, dass Anoje alles genau hören konnte. Wie durch einen Trichter drangen Susans Worte durch: »Darf ich mit der Kleinen ein bisschen Ausbildung machen?«

Die Leguanaugen prüften Anoje, als müsse der Vorschlag in allen Konsequenzen überdacht werden.

»Bitte gib die japanische Maus mir«, forderte Susan mit Nachdruck, und blickte gleichzeitig aus den Augenwinkeln zu Anoje. Die Katze bettelte geradezu und schnurrte: »Ich erteile ihr eine hübsche Lektion.«

Madame schien vor ihrem inneren Auge abzuwägen, wie eine solche Lektion aussehen könnte. Sie legte den Kopf ein bisschen hin, ein wenig her. Anoje fühlte sich in ihrer Rolle als Maus gar nicht wohl. Sie spürte, wie ihr Puls schneller wurde. Was hatte man mit ihr vor?

Madame nickte. Auf Susans blassem Gesicht stieg ein böses Frohlocken auf.

»Wir geben Dir jetzt unsere Art der Ausbildung«, verkündete Madame. Susan erhob sich. Das war ihr Einsatz.

4. Lichter

Als Jo den Stadtrand erreichte, schlich bereits die Nacht heran. Immer höher hatten sich die Häuser vor ihm aufgebaut, je näher er der Metropole kam. Er sah die gepanzerten Flächen aus Stahl und Beton, die ihn gleichermaßen abstießen, wie sie ihn gleichzeitig auch magnetisch anzogen. Auf vielen Dächern leuchteten grünliche Strahlen, die suchend in den Nachthimmel emporkrochen. Die fremde Stadt glühte mit einer Pracht, wie er sie zuvor noch nie gesehen hatte. Überall formten Lichtpunkte strudelförmige Linien an den Fassaden, mal bauten sie sich dort in Wellen auf, dann reisten die Lichter wie ein Bienenschwarm weiter und siedelten an einem anderen Gebäude. Sonderbar, dachte Jo. An einigen Stellen schien es, als fügten sich die Formen zu ganzen Bildern zusammen, obwohl die pulsierenden Rhythmen sie zu immer neuen Strukturen trieb. Ob die Lichter wie freie Energie durch die Luft schwebten? Oder handelte es sich um Lampen, die fest an den Häusern montiert waren, und nur durch ein elektronisches Programm miteinander verbunden waren? Jo konnte es sich nicht erklären.

Der Nachtwind blähte seine Jacke auf. Jo bemerkte, dass die Luft hier sandig schmeckte. Aber die Tatsache, dass er seinem Ziel nun zum Greifen nahe war, ließ ihn allen Schmutz und jede Widrigkeit vergessen. Es war also doch möglich, die Verbotene Stadt zu erreichen! Und das sogar aus eigener Kraft - zu Fuß. Man brauchte nur einen festen Willen.

Niemals hatte Jo daran gezweifelt, dass es einen unbewachten Weg auf der Rückseite der Siedlung geben musste. Nun war er atemlos vor Freude, als er vor sich das Zentrum von Kujai-City liegen sah. Er erkannte die Stadt an den Skulpturen, welche meterhoch die Fassaden der Häuser schmückten. In verschiedenen Größen tauchte Kujais Staatswappen überall auf. Früher hatte er das Symbol für ein kriechendes Insekt gehalten, bis ihn Carl empört zurechtgewiesen hatte: Es handele sich selbstverständlich um einen fauchenden Drachen, hatte ihm der aufgebrachte Kollege erklärt. Der gute Carl. Lange Zeit schon hatte Jo ihn nicht mehr gesehen, aber damals hatte er Jo alles über das Drachensymbol erzählt, was ein Fremder wissen musste: Seit dem Sieg gegen Neu-Sibirien repräsentierte der Drache Glanz und Größe des Imperiums von Kujai, das sich seit zwanzig Jahren über den Großteil des Trabanten erstreckte. Und Kujai-City, die sogenannte Nachtstadt, war Militärbasis und Regierungssitz zugleich. Kein Bewohner der Randbezirke hatte Zugang zu ihr. Und kein Fremder kannte ihre genaue Lage.

Bis auf einen.

Schweiß sickerte Jo in die Augen. Ob er jemals den Weg zurückfinden würde, war ihm nun völlig gleichgültig. Er wollte nur noch vorangehen; hinein in die Verbotene Stadt. Manchmal schien es ihm, als würden die Büsche um ihn herum seine Wanderung begleiten. Wie eine Art von geistigem Rückenwind, der sogar die Schatten des Unterholzes ergriff, glitten die Schemen neben ihm her. Sie begleiteten ihn, wie ein wandernder Wald. Ein Gefühl des Triumphes stieg in ihm auf.

Nach einer halben Stunde erreichte Jo den Gürtel aus Schutt. Felsbrocken und Glasscherben bildeten hier ein steiniges Feld, welches das Umland vom eigentlichen Stadtbereich trennte. Diese Barriere musste er noch überwinden, dann war er drin! Ein Kinderspiel. Jo stülpte seine Stiefel über, zurrte die Schnüre fest und betrat das knirschende Geröll.

Mit balancierenden Armen überquerte er die Steinbrocken. Wie ein Flieger überquere ich das, dachte er und machte mit dem Mund das Geräusch eines Propellers. Er wusste aus seiner Recherche, dass dies einst eine unbewohnte Siedlung aus mehrstöckigen Wohnblöcken gewesen sein musste. Die Bäume hatten zunächst mit ihren Wurzeln den Stein von unten aufgebrochen. Über Jahre hinweg entstand ungefähr zu gleichen Anteilen ein Gemisch aus Holz und Beton. In all den Jahren hatte es keine Verwendung für die Häuser gegeben, hatte er gelesen, sodass der gesamte Bereich irgendwann mit Dynamit gesprengt worden war. Sämtliche Pflanzen wurden mit dem Schutt vermischt. Dann hatte man die Asche meilenweit ausgestreut. Nichts Neues wurde an die Stelle gebaut, und nun erstreckte sich rund um die Stadt ein glitzernder Bach aus felsigem Schutt.

Als Jo das Feld passiert hatte, konnte er besser erkennen, wie die Stadt aufgebaut war. Der Schuttgürtel bildete eine Art Schutzwall, und die Hochstraßen verliefen kreisförmig im Innenbereich. In der Luft schwebten surrende Lichtpunkte, die von unbemannten Drohnen stammen mussten. Manchmal stürzten sie wie Raubvögel abwärts, so, als wären sie defekt. Aber tatsächlich verschwanden sie dann in unterirdischen Röhren, tuckerten dröhnend durch die Kanäle, die wie offene Wasserrohre in den Untergrund führten.

Jo blinzelte in die Richtung, aus der er gekommen war. Dort draußen sah er graugrüne Büsche. An manchen Stellen bildeten sie ein undurchdringliches Dickicht, aber plötzlich erkannte er dort noch mehr. Es mochten ungefähr hundert Meter sein, die ihn von dem Objekt trennten - und dennoch erkannte er es ganz genau: Es hatte sich mit einer geisterhaft schnellen Bewegung verraten. Jo kniff die Augen zusammen. Das Mondlicht rieselte nun so schwach herab, dass alle Konturen in einem ermüdenden Grau zu verschwinden drohten. Doch Jo sah etwas. Er stand jetzt hinter dem Schuttfeld und blickte zurück in die Wildnis, die er überwunden hatte. Er sah einen großen, rötlichen Schatten, den er zunächst für einen Busch gehalten hatte. Aber jetzt bewegte er sich! Zwar langsam, aber merklich. Und nun duckte er sich sogar; der ganze Körper sank sprungbereit auf die... Pfoten. Ja, das war es!

Erschrocken schnappt Jo nach Luft. Er hatte es all die Zeit gewusst - und doch war er wie ein Traumwandler einfach durch die offenkundige Gefahr hindurch spaziert! Jetzt stürzten die Erinnerungen an seine Recherchen wieder auf ihn ein. Es war wie ein Schock. Natürlich hatte er es gewusst, und bei seinem Aufbruch dann aus unerfindlichen Gründen wieder vergessen. Verdrängt...

Unter einem Anfall von Stress musste sich eine Art von schwarzem Loch in seinen Verstand gefressen haben. Wie konnte er nur alleine durch die Tundra wandern? Dabei war es doch so offensichtlich: Der seltsame Schuttgürtel, der eine Barriere aus spitzem Gestein darstellte, war als Schutz gegen Raubtiere angelegt worden. Raubtiere mit empfindlichen Pfoten! Keine Großkatze ging gerne über steinige Scherben.

Der Tiger lauerte ohne jede Bewegung.

Oh mein Gott, die ganze Gegend dort draußen muss voll von den Biestern sein, dachte Jo. In ihm fror das Entsetzen zu einem pulsierenden Kloß. Was wäre geschehen, hätte ihn ein solches Biest angegriffen?

Aber jetzt war er in sicherer Entfernung. Und plötzlich änderte sich seine Stimmung; Jo begann, sich zu entspannen und lauschte auf den Abendwind. Nun erfüllte ihn die Anwesenheit der Raubkatze mit einer sonderbaren Ruhe. Wie ein hoher Ton in einem Musikstück, der jubilierend gehalten wird, und so die Schönheit der gesamten Komposition deutlich machte, so herrlich erschien ihm jetzt dieses Tier. Der Tiger würde ihm nicht folgen, daran hatte Jo keinen Zweifel. Jetzt, da sich Jo sicher hinter dem Schuttgürtel befand, spürte er, dass ihn das Tier all die Zeit auf eine friedliche Weise begleitet hatte. Als wäre Jo ein Verbündeter, ein Freund der Katze gewesen. Auch Jo war zu einem Nachtaktiven geworden, ein einsamer Schleicher. Ebenso wie er selbst umkreiste auch der Tiger die Stadt, beobachtete die fremden Lichter und hoffte, dass noch weitere Bezirke an ihn und die Wildnis zurückfallen würden. Nicht auszumalen, was geschehen würde, sollte ein Tiger den Weg in die Stadt hinein finden. Der Ärmste wäre verloren.

5. Schließt die Fenster

Die Kuchengabel kratzte die letzten Tortenkrümel zusammen. Als die Dicke sie sorgsam aufgespießt, balancierend zum Mund gehievt und genüsslich zerlutscht hatte, glotze sie zu Anoje. Und Anoje starrte zu Madame.

»Das Blümchen braucht mal eine Lektion, habe ich recht?«, flötete diese. »Susan, was hältst du davon? Das japanische Vögelchen gehört heute Abend dir ganz alleine. Damit sie mal lernt, dass sie uns keine Flaschen ohne Ausbildungen in den Kessel liefern soll.«

Die Augen der Blonden glitzerten in böser Begeisterung. Sie griff unter den Tisch und hob einen kleinen Metallkoffer hervor. Anoje spürte aus der Entfernung, dass sich Susan voller salziger Erregung auf das Kommende freute.

Langsam packte Susan aus. Sie zog einen Gegenstand hervor und legte ihn auf den Tisch. Anoje strich über den Saum ihres Rockes, als sie sah, dass der Gegenstand ein schwarzer Stab war, vermutlich aus Gummi. Er gab kein Geräusch von sich, als er auf das Holz fiel. Anoje erkannte, dass es ein Schlagstock war, wie ihn die Polizei benutzte.

»Wollen wir die Ausbildung hiermit beginnen?«, fragte Susan und blickte zu den anderen Frauen hinüber. Sie ließ den Stab des Knüppels schmatzend in die hohle Hand klatschen. Er war schwer.

Die Kuchen-Esserin legte nachdenklich den Kopf zur Seite, als müsse sie eine komplizierte Entscheidung überdenken. Es war nicht abzuschätzen, ob sie wirklich ein wenig schwer von Begriff war, oder ob sie mit ihrer Behäbigkeit die Prozedur mutwillig in die Länge ziehen wollte. Dann verschwanden Susans Finger erneut in dem Koffer. Offenbar befanden sich darin mehrere Werkzeuge, denn Anoje hörte polternde Geräusche, die von hölzernen oder metallischen Dingen stammen mussten. Jetzt hob Susan ein Seil in die Höhe, das zu einem dicken Bündel aufgewickelt war. Es war fingerdick und musste viele Meter lang sein, so umfangreich hingen die Schlaufen in ihren Händen.

Madame hielt ihren Blick unablässig auf der zitternden Anoje geheftet. Als Susan ein drittes Mal in ihre Werkzeugkiste griff, kam eine Zange mit flachen Scheren zum Vorschein. Sie legte sie behutsam auf den Tisch.

Susan hatte sich wie eine Katze vom Tisch entfernt und schlich mit wiegendem Schritt auf Anoje zu. In ihrer Hand war plötzlich ein schmales, aber sehr langes Messer aufgetaucht. Su hielt es wie beiläufig an ihren Oberschenkel gedrückt.

Die viel kleinere Anoje erstarrte vor Angst. Nur die Frau mit der runden Brille schien weiterhin in ihrer Lethargie gefangen zu sein. Sie kniff die Augen zusammen, als bereite es ihr Mühe, den Sinn der Szenerie zu erfassen und stützte ihr Kinn auf den aufgestellten Unterarm. Wäre die Welt ein Buch gewesen, für die Mollige schien es in einer fremden Sprache geschrieben zu sein. Wo andere Lesen, da guckte sie sich nur die Bilder an.

»Schließt die Fenster«, hörte Anoje jetzt Madame kommandieren. Anoje fühlte sich wie hypnotisiert von Susans Fingern.

Die Braunhaarige erhob sich schwerfällig, ging mit wiegendem Hinterteil zum Fenster und zog quietschend einen dicken, rötlichen Vorhang davor. Von draußen waren nur noch schwache Strahlen einer Straßenlampe eingedrungen. Der Samt dämpfte nicht nur das Abendlicht, auch die Klänge wurden nun stark gemildert. Anoje sah, wie Susan sich direkt vor ihr aufbaute. Sie war fast einen Kopf größer als Anoje und blickte amüsiert auf sie herab.

»Erteile ihr eine schöne Lektion«, flüsterte die Stimme von Madame. Dann hörte Anoje das Kichern der Braunhaarigen, die ihre Brille abgenommen hatte und eilig die Gläser mit ihrem Pullover wischte. Sie wollte alles ganz genau sehen.

»Ruft die anderen«, kommandierte die Chefin. »Ich möchte, dass alle etwas davon haben. Gute Ausbildung kann man auch durchs Zusehen erreichen.«

Anoje stand wie angewurzelt vor Susan. Sie spürte, dass ihr Gegenüber sportlich war, ohne Zweifel war die große Blonde viel stärker als sie selbst. Ihr Herz klopfte schneller, als sie sah, wie Susan jetzt die Kordel zwischen ihren Fingern spielen ließ. Wie eine kleine Schlange glitt die Schlinge über ihre Finger. Es schien eine sehr kostbare, weiche Seidelkordel zu sein. Voller gemeiner Vorfreude spitzte Susan die Lippen. Das sah nicht gut aus für Anoje.

6. Stille

Jo traute sich kaum, einen Fuß auf den Boden zu setzen, so still war es, als er die erste Straße der Stadt erreichte. Die Finsternis hatte sich in die Stadt hinein ergossen, wie ein umgestürztes Tuschefass. Hier gab es keine Straßenbeleuchtung, und Jo fragte sich, ob überhaupt Menschen in all den stummen, silbergrauen Klötzen wohnten. Er ging wie im Traum weiter. Wo die Stadtmitte liegen musste, konnte man leicht erahnen. Langsam wurden die Straßen breiter und die Häuser höher, und Jo erreichte einen planierten Platz, über den der Mond sein scharfes Licht schickte. Die Straßen zeigten sich auch hier völlig leer, einzig weite, betonierte Flächen erstreckten sich, so weit er sehen konnte durch den Dunst. Die Verbotene Stadt empfing ihn mit klirrender Stille.

7. Alle kommen

»Schnell, holt die anderen«, zischte Madame. »Nicht dass unsere gute Susan mit dem Schlachtfest beginnt, und keiner bekommt etwas davon mit! Das wäre doch ein Jammer.«

Die dicke Braunhaarige, die vor wenigen Momenten verschwunden war, kam jetzt träge aus der Hintertür zurück und sagte: »Ich habe durchgerufen. Alle kommen. Sie sind alle sehr gespannt.«

»Sie sollen sich beeilen«, rief Madame ungeduldig, »alle werden etwas lernen können.«

Anoje stand wie festgenagelt. Jetzt musste sie mit ansehen, wie aus der Tür erst zwei, drei, dann immer mehr Frauen kamen und sich auf den Liegen im Raum verteilten. Es waren Mitglieder aus Heitos Familie - Anoje kannte viele von ihnen und wusste, dass sie verschiedene Funktionen in dem Imperium ausfüllten. Anoje sah Amy, eine Kurier-Fahrerin, die in ihrer Motorrad-Montur in den Raum stiefelte. Ihr schwerer Schritt stand in einem etwas ulkigen Kontrast zu ihrer eigentlich zierlichen Figur. Amy war klein, aber oho. Mit ihrem Kaugummi, das sie immerzu gelangweilt bearbeitet, wirkte sie wie ein Teenager, der gerade die Schule schwänzte. Dahinter kam die hagere Fanny herein, die eine Art Späherin und Dienerin darstellte und meistens mit sorgenvollem Blick nur an der Seite stand. Anoje wusste, dass Fanny eine Hütte am Fluss bewohnte, von wo aus sie die Schleichwege zur Stadt kontrollieren konnte. Man nannte sie die Bergkatze, weil sie monatelang in der Wildnis verschwinden konnte, ohne Spuren zu hinterlassen. Auch sprach sie nie.

Anoje sah daneben zwei Tempeldienerinnen in bunten Abendkleidern hereinkommen. Sie trugen flackernde Kerzen und begannen, immer mehr Lichter an den Wandhalterungen anzuzünden. Die Reflexe huschten mit orangefarbenen Schatten über die Mauern und versetzten den gesamten Raum in betörende Schwankungen. Anoje schloss die Augen und atmete tief durch.

Fanny brachte ein paar große Porzellanschalen und reichte sie den anderen Frauen. Darin kamen Früchte zum Vorschein, aber Anoje sah, dass die Frauen auch andere Dinge zu sich nahmen. Eine Brünette, die in einem gelben Kleid auf einer Chaiselongue lag, hantierte mit einer Rasierklinge auf ihrem Schminkspiegel. Sie schob darauf ein helles Pulver zu schmalen Häufchen zusammen. Fanny war auf die andere Seite des Raumes gegangen und hatte sich auf den Hocker vor dem Piano sinken lassen. Sie stellte ihr Weinglas auf den Kasten und streichelte prüfend über das Holz. Sie schien nachzudenken, was sie spielen sollte. Oder durfte? Als sie sich für einen dunklen Akkord entschieden hatte, drückte sie diesen mit geringstmöglichem Anschlag in die Tasten. Sie schlug die Töne so leise an, als fürchtete sie, jemand könnte sich gestört fühlen. Diesen einen, tiefen Klang wiederholte sie mit wogender Hingabe. Es war eine Ouvertüre zu einer Ouvertüre, die niemals einen Anfang finden konnte.

Die Frau im gelben Kleid hatte jetzt ihr Pulver eingeschnieft und warf fröhlich ihre Schuhe von den Füßen. Sie jauchzte befriedigt auf und erhob mit zufriedenem Grinsen ihr Glas: »Salute! Auf Anoje, die Blume der Nachtstadt, die heute eine Lektion bekommen wird.« Die anderen Frauen prosteten ihr schweigend zu.

Anoje schloss die Augen. Die monotone Musik und das gemeine Flüstern drangen wie schwerer Likör in sie ein. Alle um sie herum wussten, dass es nicht mehr lange dauern würde, bis die Folter beginnen würde.

Als sie die Augen wieder öffnete, war der Raum von einem Kerzenmeer erfüllt. Die Frauen drängten sich auf den samtigen Liegen. Einige hatten Zigaretten angesteckt. Andere griffen zu Weintrauben, die sie aus Schalen auf den Lehnen fingerten.

»Na, dann wollen wir mal«, zischte Susan. »Hat mein japanisches Vögelchen etwa Angst?«

Anoje schüttelte den Kopf.

»Das solltest du aber.« Susan blickte mütterlich aus einem Schmollmund, als habe sie einen gut gemeinten Ratschlag erteilt. Die Lachfalten in ihrem hageren Gesicht schnitten ein gleichmäßiges Oval über ihre Wangen. Anoje sah, dass in ihren Augen, die schwarz wie die Tiefsee gähnten, ein Vergnügen lauerte, das nicht von dieser Welt zu stammen schien. Dann zog die Große das Messer aus der Tasche. Die Klinge war sehr schmal.

Und spitz.

Anoje stand wie angefroren auf der Stelle. Sie wusste, dass sie nicht gestochen werden würde. Man wollte ihr nur Angst machen; sie demütigen. Sie war doch viel zu wichtig für Madame. Sie hatte viele gute Eigenschaften. Sie war immer pünktlich. Oh mein Gott, wer sollte sich sonst um die Rekrutierung kümmern?

Susan spielte mit der Klinge vor ihrer Brust. Dann führte sie den silbernen Stahl hinauf an Anojes Hals und schob die Klinge über den obersten Knopf ihrer Bluse. Anoje spürte, wie das kalte Metall auf ihren Brustknochen über ihrem ratternden Herzen drückte. Das schmale Gesicht von Susan schob sich dicht an sie heran. Es war erfüllt von der Lust an Anojes Angst. Jede kleinste Regung ihres Opfers wollte die Blonde aufsaugen. Su kam ihr jetzt so nahe, bis sich die Nasenspitzen der beiden Frauen berührten. Von den Seiten hörte Anoje das Tuscheln:

»Was hat sie getan?«

»Nieten geliefert...«

»Ach! Sie war es, die keine vernünftigen Kämpfer für die Gladiatoren-Spiele gebracht hat?«

»Ja, sie mag wohl Nieten.«

»Oh, das klingt nicht gut.«

»Ein Denkzettel wird ihr gut tun.«

Anoje zitterte. Susan versetzte ihr jetzt einen Stupser mit der Nase, als wolle sie ihrem Opfer ein wenig Mut machen. Anoje fühlte sich wie ein Igel, der trotzig vor einer Katze buckelte. Gleichzeitig spürte sie die Klinge, wie sie flach über ihre Brust gelegt wurde. Susan hatte begonnen, das flache Messer über Anojes Oberkörper hinab zu ziehen. Es machte Klick. Die Klinge schnitt durch den ersten Knopf. Er platzte ab, fiel abwärts und schlug mit einem matten Geräusch auf den Teppich. Einen Knopf nach dem nächsten erledigte Susan auf diese Weise. Anojes Bluse fiel auf und alle konnten ihren Büstenhalter sehen.

Su schnitt ihr das Hemd komplett auf. Es knirschte und ratschte. Und als sie mit der Klinge über Anojes Bauch angekommen war, tauchte sie das Messer geschickt zwischen Anojes Haut und den Gürtel ihres Rockes hinab. Anojes riss die Augen auf. Sie sah direkt in das Gesicht der Molligen. Das Messer auf der Brust zu spüren, war eine Sache - es jetzt langsam auf ihren Unterleib zufahren zu spüren, eine andere. Anoje biss sich auf die Lippen.

Susan drehte die Klinge abrupt und riss das Messer dann mit einem wütenden Ruck zu sich. Der Gürtel wurde durchtrennt und Susan schnitt den gesamten Bund des Rockes entzwei.

»Hey, Susan stech' das Mondgesicht doch einfach ab«, flüsterte eine Stimme vom Sofa.

Anoje spürte, wie ihr das Blut aus dem Kopf sackte. Sie sah silbrige Punkte, die wie ein Mückenschwarm zu tanzen begannen. Ihr Rock rutschte abwärts und blieb schräg an einem Knie hängen. Susan hatte einen bedrohlichen Akt daraus gemacht, die flache Seite des Messers demonstrativ zu drehen, und es jetzt flach auf Anojes Slip zu drücken. Die kühle Klinge lag jetzt mit der flachen Seite über Anojes Furche. Anoje hatte große Angst.

»Stopp!« schnitt das Kommando von Madame durch den Raum. »Sie soll eine Pause bekommen.«

Susan schob verbissen den Unterkiefer vor. Wie schade. Diese Unterbrechung schien ihr gar nicht recht zu sein. Jetzt schon sollte sie das Spiel abbrechen?

Anoje hörte Madame sehr leise flüstern: »Ich habe gehört, unsere lila Mondblume ist ein helles Köpfchen. Vielleicht wäre ein bisschen Denksport eine schöne Abwechslung für sie? Als Teil unserer Ausbildung? Vielleicht wäre das die richtige Herausforderung.« Sie gab der Braunhaarigen einen Wink.

Ohne einen Moment zu zögern, erhob sich die Mollige und ging auf die rechte Seite, wo ein kleiner Beistelltisch stand. Sie hob den Tisch an und trug ihn mit ungeschickten Bewegungen in die Mitte des Raumes. Dort stellte sie ihn schnaufend zwischen Anoje und Susan. In ihren Bewegungen ließ sie sich anmerken, dass ihr dieser Umbau nicht besonders recht war. Anoje sah, wie die Mollige kleine Gegenstände auf dem Tisch platzierte und danach zwei Stühle an die gegenüberliegenden Seiten schob.

»Unsere Mondblume hat eine faire Chance verdient. Wenn sie diese nutzt, dann...«, Madame hob die Stimme zu einem feierlichen Jubilieren an, »dann darf sie baden gehen. Der Pool ist geheizt. Ein bisschen Entspannung in Milch und Honig - wäre das etwas für dich, mein kleines Blümchen?«

Anoje starrte sie unbeweglich an. Wer das wirklich ernst gemeint? Sie traute sich nicht, etwas zu antworten. Sie wünschte, sie könnte sich ihren Rock wieder anziehen. Dann sah sie, wie die Braunhaarige ein kleines Brett auf den Tisch legte. Mit einer einladenden Geste wies sie erst auf Su, dann auf Anoje. Beide sollten Platz nehmen.

Widerwillig setzte Anoje die Füße aus dem am Boden liegenden Stoff und ging zu dem Platz. Auch Susan hatte sich mit gefährlicher Langsamkeit auf ihren Stuhl gesetzt. Ärgerlich strich sie eine Strähne aus der Stirn, als habe die Unterbrechung ihre Frisur ruiniert. Ihr Messer hatte sie demonstrativ auf die Tischplatte gelegt. Es lag akkurat am rechten Rand in bequemer Griffweite. Sie würde es später gewiss noch benötigen, schien jede ihrer Gesten zu sagen.

Als Anoje auf den Tisch sah, erkannte sie den Plan: Bei dem Brett handelte es sich um ein Schachspiel. Sie sollte sich mit Intelligenz wehren dürfen.

»So meine beste Susan«, seufzte Madame und trat zu den Sitzenden, »nun zeige uns doch einmal, ob du auch mit deinem hübschen Köpfchen jemanden auseinandernehmen kannst!« Sie streichelte der Blonden liebevoll über die Haare, während sie abfällig zu der beinahe nackten Anoje hinüber blickte. »Wer weiß: Vielleicht kann das schlaue Blümchen dir mit ein paar Zügen Kontra geben? Die Kleine soll ja raffiniert sein, habe ich gehört...«

Die Figuren wurden aufgestellt. Susan erhielt Schwarz, Anoje Weiss. Schwarz, wie der Ozean in Susans Augen. Weiss, wie die Unterwäsche, in der Anoje zitternd auf dem Hocker saß. Stockend blies sie den Atem aus. Sie schickte ein Stoßgebet zum Himmel, dass Susan ihre furchtbaren Werkzeuge nicht einsetzen möge.

»Gewinnt die Kleine, darf sie in den Pool«, verkündete Madame. »Gewinnt aber mein blonder Engel«, Madame machte eine feierliche Pause, »dann darf sie das Blümchen richtig schön in die Zange nehmen. Dann bekommt sie eine Ausbildung vom Feinsten.«

Anoje schluckte. Die Braunhaarige tippte ihr auf die Schulter. Anoje verstand: Sie würde den ersten Zug erhalten.

»Fangt an.«

8. Schach

Obwohl Anoje früher eine gute Schach-Spielerin gewesen war, erschien ihr das Brett mit seiner Armee von Figuren nun auf einmal völlig fremd. Wie viele Möglichkeiten es gab... Anoje ging blitzschnell in Gedanken einige der berühmten Eröffnungen durch. Sie kannte ein bisschen Schachliteratur. Das waren allerdings Partien von Großmeistern gewesen, die sie selbst nur nach intensivem Studium erfassen konnte. Auch war das schon eine Weile her.

Wie in Trance zog Anoje den ersten Bauern voran. Eine Allerweltseröffnung, doch sofort kam Susans Gegenzug. Anoje war überrascht, mit welchem Tempo ihre Gegnerin zu Werke ging. Die Blonde schien keine Sekunde nachdenken zu müssen. War sie nur naiv und ungestüm - oder hatte sie tatsächlich bereits alle Möglichkeiten erfasst? Anoje fühlte sich wie gelähmt und spulte in Gedanken eine Vielzahl von taktischen Variationen ab. Gleichzeitig versuchte sie abzuschätzen, mit welcher Spielstärke sie bei Susan rechnen musste.

Anoje konnte förmlich spüren, wie sich die Blicke der Blonden auf ihrer gesenkten Stirn einbrannten, während sie selbst schwitzend auf die Figuren hinab starrte. Die Blonde taxierte sie auf eine penetrante Weise, sodass Anojes Gedanken zähflüssig zu werden drohten. Susan schien nicht gewillt zu sein, sich ihr Opfer einfach so mit einem Spielchen entwenden zu lassen. Sie war eine Katze und wollte mit der Maus spielen, das entsprach ihrem Temperament. Sie wollte Anoje mit allen Mitteln traktieren. Und gleich beim dritten Zug gelang ihr bereits der erste Erfolg: Gierig kassierte sie den Ersten von Anojes Bauern! Susan pfiff eine kleine Melodie, als sie die Figur mit ihren langen Fingern in die Luft hievte und sie dann, wie ein Stück klebrigen Abfall auf den Teppich warf.

Anoje erschrak. Beinahe wäre ihr ein sogenanntes Narrenmatt widerfahren. Matt in vier Zügen, unvorstellbar. Sie versuchte krampfhaft, sich in das Spiel zu vertiefen. Sie musste alles andere vergessen: die bösen Blicke ihrer Gegnerin, die hämischen Weiber an den Rändern. Und vor allem die schrecklichen Werkzeuge in Susans Koffer...

Die Gedanken rieben mit pulsierendem Schmerz in Anojes Kopf. Es schmirgelte und kratzte. Keinen Gedanken konnte sie flüssig entwickeln, jeder mögliche Zug wurde ihr zu einem endlosen inneren Hin und Her. Sie eröffnete das Spiel in einer seltsamen Unentschiedenheit zwischen Angriff und Defensive. Was wollte sie eigentlich bezwecken? Ein bisschen Druck auf die schwarzen Türme ausüben, ein wenig Fallen bauen? Es war nichts Halbes und nichts Ganzes, was sie spielte, das wusste sie. Susan, die leicht vor sich hin zu Schnurren begann, wirkte dagegen selbstsicher und völlig entspannt.

Auch ihre Springer erschienen Anoje plötzlich seltsam schlecht aufgestellt zu sein. Zudem hatten die schwarzen Bauern bereits nach wenigen Zügen eine bedenkliche Überzahl erreicht. Anoje brauchte Minuten für ihre Züge. Viel zu lange.

»Ich kriege dich«, flüsterte Su. Sie kratzte mit ihren Fingern auf dem Holz.

Anoje schloss die Augen und ging im Geist sämtliche Varianten durch. Sollte sie den König vor dem drohenden schwarzen Pferd retten? Hinein in eine mögliche Rochade?

»Du wirst verlieren«, wiederholte Susan mit eindringlichem Schnurren. »Am besten wäre, Du gibst gleich auf. Dann hast Du es hinter Dir. Stemm dich doch nicht gegen den Untergang. Dass macht es nur schmerzvoller.« Susan kassierte einen weiteren Bauern. »Ich mag Versagerinnen wie dich.«

Anoje biss sich auf die Lippen. Es war doch völlig unmöglich, dachte sie, dass diese verdammte Susan auch im Schach besser als sie selbst war. Männer mochte sie vielleicht bezirzen können, bestimmt war sie auch körperlich viel kräftiger als Anoje und konnte mehr Gewichte heben. Vielleicht war sie auch stumpf und brutal und konnte Menschen foltern, aber, dass sie auch auf Anojes eigenem Gebiet, dem Denksport besser war, das durfte sie niemals zulassen! Anoje hatte studiert, sie wusste, wie man komplexe Zusammenhänge analysiert. Sie hatte daheim mehrere Meisterschaften im Blitzschach gewonnen. Und das Wasser im Pool war warm. Mit zitternder Hand zog sie ein Pferd zurück. Das würde sie wieder in eine stabile Position bringen.

Hatte sie an den Pool gedacht? Sie musste ihren König schützen. Die Defensive halten. Das Flügelspiel stärken.

Oder doch nicht? Wie Geröllsteine rutschten die Gedanken in ihr abwärts: Schwarz könnte mit beiden Springern eine Zange bilden. Anoje musste dies bedenken. Es war, als ob in ihrem Kopf die möglichen Kombinationen einen Hang hinabkullerten. Hatte Susan tatsächlich eine Eröffnung vom Großmeister Kasparov variiert? Es erschien ihr unglaublich zu sein, dass die Blonde ein solches Niveau beherrschte...

Fanny zog ihren Akkord in eine erhabene Länge.

»Du verlierst sowieso«, flüsterte Susan. »Wenn ich dich Matt gesetzt habe, gebe ich dir den Rest.«

Anoje versuchte, nicht hinzuhören. Zwecklos. Das Gesicht ihrer Kontrahentin schüchterte sie immer mehr ein. Wie selbstsicher die Blonde war. Wie gut sie aussah, jeder Mann hätte sie für ein Fotomodell gehalten. Eine aufgetakelte Blondine, eitel und dumm. Es musste doch möglich sein, sie mit Intelligenz zu schlagen.

Anoje ging fieberhaft weitere Varianten durch. Sie zog ihren Turm voran. So könnte sie die schwarze Dame eliminieren. Der kleine Turm war ihr immer schon die liebste Figur gewesen. So geradlinig zog er seine Angriffe, so weitreichend und übersichtlich war die Macht, die er besaß. Kurz bevor sie die Hand hob, um nach der Figur zu greifen, traf sie erneut der böse Blick der Blonden. Als hätte diese ein Geheimnis entdeckt, von dem Anoje noch nichts wusste, verzog sie ihre Mundwinkel zu einem Grinsen. Dann spürte Anoje, wie Susan ihren Fuß unter dem Tisch angehoben hatte und damit ihr Bein berührte. Diese Ablenkung musste Anoje unbedingt ignorieren. Sie packte voller Entschlossenheit ihren Turm, ihre Lieblingsfigur, ihr Symbol für Übersicht und Strategie und dann -

Spürte sie den Tritt.

Anoje kreischte unterdrückt auf. »Au!«

Susan hatte ihren Fuß mit voller Kraft zwischen ihre Oberschenkel gerammt. Sie trat ihr direkt auf die Vorderseite ihres Slips. Das tat weh.

»Gib auf kleine Maus«, schnurrte sie dabei.

Anoje presste entschlossen ihre Lippen zusammen. Sie würde nicht klein beigeben. Sie würde nicht zur Seite gucken, in das dämliche Glotzen der Kuchenesserin. Sie würde das hier durchstehen. Voller Trotz hielt sie dem Druck stand. Sie zog ihren Turm. Noch war das Spiel offen.

»Schach«, murmelte die Braunhaarige aus der Entfernung. Fanny ließ zum ersten Mal einen neuen Akkord in den Raum purzeln, als könnte sie doch noch eine Art Komposition aus ihrem hirnleeren Blong-Blong herauskitzeln.

Anoje vergaß zu atmen. Schach? Wie konnte sie das übersehen haben! In stummer Verzweiflung sah sie, wie Susan ihre nun den zweiten Springer nahm! Die Figur stürzte auf den Teppich, ohne Protest. Völlig regelkonform. Und Susan leckte sich über die Zähne. Da war es wieder, das Rattengesicht.

»Ich mag es, wenn die Maus in der Falle zappelt«, hörte Anoje die Ratte gurren. Anoje zog ihren König zurück.

»Fin de Partie«, wisperte Susan. Andächtig hob sie die Finger ihrer rechten Hand über das hölzerne Schlachtfeld. Dann reib sie die Fingerspitzen, als müsse sie vor dem finalen Todesstoß noch ein paar Gewürze über das Gericht streuen. Munden sollte es. Dann griff sie mit einem Rattenlachen nach ihrer Dame und zog sie triumphierend in die Angriffslinie.

»Schachmatt.«

Ihr Rattenmund öffnete sich zu einem hungrigen Schlund. Für ein ganzes Rattennest war hier Platz. Das Spiel war aus. Schachmatt durch die Dame im Spiel.

»Blümchen, Du hast Deine Chance gekriegt«, kicherte Madame und Anoje ahnte ihren Echsenblick. »Du hast sie nicht genutzt.«

9. Plätze aus Marmor

Die Kälte nahm die Straßen ohne Rücksicht in Beschlag, und Jo musste schneller laufen, um sich so gut wie möglich aufzuwärmen. Er schwebte wie ein Zeppelin im Tiefflug, glitt er von Haus zu Haus, überquerte marmorne Plätze und tauchte unter gewaltige Hochstraßen hindurch. Die Nachtstadt hatte längst ihre magnetische Anziehung auf ihn so stark werden lassen, dass er im Laufschritt durch die Straßen flog und alle Erschöpfung vergaß. Er folgte seinem Schatten. Es war verrückt, aber er würde tatsächlich sein

Wort einhalten können. Er würde pünktlich die Stadtmitte erreichen...

Wie im Traum schritt er über die Plätze, die sich majestätisch zwischen den silberschwarzen Hochhäusern ausdehnten. Gelegentlich summte über seinem Kopf ein Schwarm von leuchtenden Drohnen, der ebenso schnell im Tintenfass des Nachthimmels verschwand, wie er von dort angebrummt gekommen war. Von hier aus war es jetzt nur noch ein kleiner Schritt bis zu seinem Ziel - das wusste Jo aus den Luftbildern, die er wochenlang studiert hatte. Obwohl er noch nie an diesem Ort gewesen war, fühlte er sich doch so vertraut mit allem, als käme er in eine Art Heimat zurück.

Schweigend ging Jo seinen Weg. Er hatte die Wildnis endgültig hinter sich gelassen und nun würde er auch Sai finden. Er würde das Unmögliche schaffen, und die Verabredung mit ihr einhalten können. Sai...

Sai hieß die Kollegin aus der oberen Etage von KPP. Sie kannten sich noch nicht lange, aber dennoch hatte die Frau ihn bereits nach dem ersten Mittagessen, das sie im gemischten Saal eingenommen hatten, eingeladen, einen gemeinsamen Abend im Zentrum zu verbringen. Jo war überrascht gewesen, wie schnell die Frauen in Kujai die Initiative ergriffen - aber ihm gefiel das sehr. Allerdings sollte das Treffen mitten in der Nachtstadt stattfinden, genau in jener Zone, die für ihn ausdrücklich verboten war. Zuerst hatte Jo gezögert, ihre Einladungskarte anzunehmen. Dass er als Ausländer das Zentrum der Hauptstadt nicht betreten durfte, diesen Umstand musste er auf jeden Fall vor ihr geheim halten.

Die Neugier hatte sieben Nächte lang in ihm gekocht. Zunächst war es nur eine schwelende Unruhe gewesen, dann wurde daraus ein glühendes Verlangen und schließlich der feste Entschluss, dass er unbedingt diese Frau namens Sai in der Stadt treffen wollte. Er konnte nicht noch einen Monat warten, bis die Firma ihm eine weitere Mittagspause in der gemischten Zone genehmigen würde. Jeden Abend hatte er die Karte intensiv studiert, die sie ihm gegeben hatte. Als er ihr dann mit klopfendem Herzen am Sprechgerät schließlich zugesagt hatte, ahnte er bereits, dass er sich auf ein gewaltiges Abenteuer eingelassen hatte.

Doch er bereute nichts. Der verabredete Ort musste sich exakt in der Mitte des Stadtteils befinden, den er jetzt völlig mühelos mit leichten Schritten erreichte. Er sah auf die Karte und schätzte, dass jenes Gebäude, das er suchte, in der Realität mehrere Hundert Meter groß sein musste. Zudem sah er auf der Karte eine Zahlenreihe aus drei Blöcken und das Symbol eines Tigers. Vielleicht stellte dies ein System von Haus- und Straßen-Nummern dar? Jo war so vertieft in sein Kartenstudium, dass er gar nicht bemerkte, wie belebt der Verkehr mittlerweile um ihn herum geworden war.

Aalglatte Transporter schossen durch die Nacht. Wie in Trance trabte Jo voran und staunte über die Beschaffenheit des Untergrundes. Die Bodenplatten bestanden aus einem harten Metall, leuchteten dabei aber rot wie Blut.

Während er durch die endlosen Straßen eilte, dachte er an die Gespräche mit Carl zurück. Wie oft hatte er sich mit seinem Kollegen über die genaue Lage von Kujai-City gestritten. Damals, als Carl noch nicht verschwunden war, hatten sie lange diskutiert. Im Süden würde die Hauptstadt liegen, behauptete Carl jedes Mal und wurde wütend, wenn Jo ihn nach einer Begründung für diese Behauptung fragte. Carl hatte seit vielen Jahren im Wohnheim gelebt, bis er eines Tages spurlos verschwand. Er war ein wuchtiger Typ gewesen, voller dumpfer Energie und niemals hätte er seine Meinung geändert. Auf Jos Einwand, man dürfe nicht die Luftbilder

der Regierung verwenden, hatte Carl nur mit einem verächtlichen Schnaufen reagiert.

Erst letzte Woche war in den Nachrichten von der Verurteilung eines Mannes im Zentrum berichtet worden. Der Gefasste hatte versucht, Informationen über die genaue Lage der Metropole publik zu machen. Polizisten hatten den Mann im Süden aufgegriffen und es hieß, er wäre noch am selben Abend hingerichtet worden. Über die genauen Umstände seines Todes gab es keine Informationen - wie bei allem, was über das Schicksal von Grenzgängern zu erfahren war. Also hatte Carl zu dem Thema geschwiegen. Wenn er widerwillig doch etwas von sich gab, dann murmelte er, dass die Strecke für einen Fußmarsch auf jedem Fall viel zu weit wäre. Der einzige Weg führe über die Hochbahn, entlang der Energiemasten und dann hinab durch die Lüftungsschlitze. Aber wer wollte schon an den Masten klettern und dann in die Schornsteine hineinkriechen, nur, um ein einziges Mal in die verbotene Nachtstadt zu kommen? »Nur ein Irrer würde das riskieren«, hatte Carl gegrunzt und dabei Jo angesehen.

Und nun? Jetzt, wo Jo kurz vor seinem Ziel stand und an Carls lächerliche Verbohrtheit zurückdachte, musste er aus warmen Herzen schmunzeln. Sollte Carl doch irgendwo in seinem Nest bleiben, dachte Jo, und in den Korridoren des Blocks jeden Morgen auf das Schrillen der Sirene warten. Jo war nicht der offiziellen Version über die Lage von Kujai-City aufgesessen, er hatte vielmehr den richtigen Weg gefunden.

Jetzt sollte Carl mich sehen, dachte Jo und strich sich die Haare zurecht. Er sprang über eines der verchromten Geländer und lief mit traumwandlerischer Sicherheit von Kreuzung zu Kreuzung. Er hatte den unmöglichen Weg gefunden!

Fluoreszierende Lichtwände blendeten ihn, und als Jo die Hand schützend vor die Augen hob, da konnte er zwischen den flirrenden Punkten Menschen ausmachen. Verblüfft sah er sie. Die Bewohner der Hauptstadt sahen völlig anders aus, als alle, die er bisher kannte. Ihr Teint war gelblich und ihre Augen seltsam farblos. Mit ihren gespenstisch eingefrorenen Gesichtern schritten sie vor den Häuserfronten entlang. Niemand nahm Notiz von ihm, wie Jo erleichtert bemerkte. Als wäre er völlig unsichtbar, konnte er zwischen den Gestalten und den verspiegelten Gebäuden entlang gehen. Die meisten Wege bestanden aus grauen Stahlplatten und waren mit fremdartigen Schriftzeichen verziert. Die gesamte Stadt kam ihm wie ein einziger Bunker vor. Kujai-City war als eine gigantische, gepanzerte Metallkonstruktion angelegt. Und Jo, der Wanderer aus der Provinz, war nun mitten in ihr. Er war glücklich.

Wie in einem Sog wurde er von der Menge mitgerissen. Immer schneller eilten die Fremden durch die Straßen, und Jo hatte Mühe, ihren trippelnden Schritten zu folgen. Er fürchtete sich davor, jemanden anzustoßen. Alle Menschen hier erschienen ihm so prächtig herausgeputzt und vornehm zu sein. Wie Geschöpfe aus einer höheren Welt wirkten sie.

An einer Kreuzung strauchelte er plötzlich und fluchte leise. Was war das? Er wollte sich umdrehen, doch sofort verlor er das Gleichgewicht. Er stürzte zu Boden. Ein Luftzug hatte ihn umgerissen, und er fiel von einer unsichtbaren Kraft gepackt, vornüber, direkt auf den Boden. Den Transporter von hinten musste er übersehen haben, so schnell war dieser um die Biegung angerast gekommen. Mit einem elefantenartigen Getöse jagte der Bus jetzt an ihm vorbei. Er musste ihn gestreift haben und Jo wurde von der Fahrbahn gerissen, schlug zur Seite und spürte gleichzeitig, wie ihn jemand von hinten an der Kapuze riss. Er fluchte. Ohne die Polster seines Anoraks hätte er sich gewiss den Arm gebrochen. Er wischte sich mit dem Ärmel über das Gesicht und sah, wie der Bus in hohem Tempo an ihm vorbei schaukelte. Wäre Jo nur einen Zentimeter dichter an der Fahrbahn gegangen, dann wäre er glatt überrollt worden!

Er keuchte. Für einen Moment blieb er benommen auf den Platten liegen. Er brauchte Luft. Die Steinplatte drückte kühl an seine Wange. Komisch, die Welt aus einer derart gekippten Perspektive zu sehen, dachte er. Benommen starrte er auf seine Stiefelspitzen. Sein Kopf summte. Verschwommen sah er die Rücklichter des Transporters, wie sie jaulend hinter der Kurve verschwanden. Das war knapp. Dieses Kujai war ein gefährliches Pflaster.

Als Jo sich wieder aufrappelte, fühlte er sich von einer sonderbaren Leichtigkeit erfüllt. Wie im Traum beobachtete er die Menschen, von denen keiner seinen Sturz beachtet hatte. Auch schien ihm der Klang der Welt um eine Oktave tiefer in ein bläuliches Brummen gerutscht zu sein. Sonderbar. Auch konnte er nicht erkennen, wer es war, der ihn mit dem rettenden Griff zurückgezogen hatte. Direkt hinter ihm befand sich niemand... Jo sah stattdessen unbeteiligt dreinblickende Menschen, die alle in ihren fremdartigen Roben und Uniformen über die Straße schritten. Lederpanzerungen wie Ritter trugen einige um ihren Körper geschnallt, andere besaßen altertümliche Reifröcke. Sie flüsterten leise, beinahe wie in einer Kirche, doch Jo verstand ihre Sprache nicht. Aber er spürte, dass sie sich vermutlich in einer feierlichen Stimmung befanden.

Eine Vielzahl von Gestalten fand sich zu einem unüberschaubaren Gewimmel zusammen. Einige Frauen hatten, obwohl es Nacht war, ihre Gesichter mit dunklen Brillen maskiert, andere trugen

Schlagstöcke wie altertümliche Schwerter umgehangen. Jo wusste nicht, ob es sich bei ihnen um Sicherheitskräfte handelte, oder ob diese Dinge eine Art von Modeschmuck darstellten. Zwei von solchen Frauen - Jo nannte sie für sich die Wächterinnen - hatten Hals und Kopf mit Lederbändern in blauen Farbtönen geschmückt. Ihre Blicke richteten sie starr geradeaus. Solche Menschen hatte er noch nie gesehen. Und tatsächlich verstand Jo nun auch ein wenig von ihren Worten: »Komm mit. Du wirst heute sehen, wie ein Bauer zum Springer wird.«

10. Angst

Zwischen den murmelnden Kerzen durchbohrten die Frauen mit ihren Blicken die kleine Anoje. Jetzt war sie dran. Sehr langsam hob Susan die Kordel in die Höhe und legte das silberne Seil vorsichtig um ihren Hals. Das Seidenband fühlte sich weich und zart an, aber Anoje wusste, dass Susan es jederzeit in eine Schlinge verwandeln konnte, mit der sie ihr Opfer strangulieren würde. Sie spürte, dass Susan genau dies plante. Das Band umspannte Anojes Kehle mit einem ernst zu nehmenden Druck, beinahe, wie ein seidiger Schal, nur ohne jede Freundlichkeit. Anoje konnte keinen Widerstand leisten. Was hätte sie tun sollen?

Susan streichelte ihr behutsam über den Oberkörper, ließ dann ihre Finger über Anojes Arm hinab bis zu ihrer Hand tauchen. Dann griff sie zu. Sie packte Anojes Handrücken und verdrehte ihn mit einem gemeinen Ruck. Es schien sie keine Kraft zu kosten, aber die Hebelwirkung war gewaltig. Anoje schrie auf, stellte sich bis auf die Zehenspitzen, um dem Schmerz zu entkommen. Obwohl sie es nicht wollte, musste sie aufjaulen wie ein Mädchen. Sie spürte an dem boshaften Griff, dass Susan eine gewisse Übung darin hatte, mit solchen Griffen jemanden unter Kontrolle zu bringen.

»So meine Kleine, wir haben ja noch gar nicht richtig angefangen«, schnurrte die Große von hinten und zog weiter nach. »Gleich tut es *richtig* weh.« Sofort zog sie Anojes Arm höher zwischen die Schulterblätter. Anoje schrie aus ihrer Lunge, die jetzt von aller Luft geleert und mit Schmerz angefüllt wurde. Der Schmerz schien sie von innen aufzuspießen, als bohre sich eine Nadel durch ihren Rücken. Anoje wusste nicht, wohin sie sich bewegen sollte, während Susan sie noch weiter in die Höhe zu dirigierte. Dann drückte sie plötzlich Anojes Oberkörper wieder hinab, als solle Anoje mit ihrer Nase auf die Knie gepresst werden. Susan lachte. Nicht nur der Schmerz allein verschob Anojes geistiges Zentrum. Am meisten erschrak sie über sich selbst, über den blökenden Klang ihrer Stimme. Aus ihren Eingeweiden kam ein kreatürlicher Laut hochgewürgt, der sich durch ihre Luftröhre nach oben ergoss und dort unkontrolliert ins Freie röhrte. Anoje war nicht mehr sie selbst, sie war im Bruchteile einer Sekunde zu einem jämmerlichen Tier geworden, dessen Geist durch ein schmerzendes Röcheln ersetzt worden war. Jetzt hatte sie keine Angst mehr vor Susan, sondern Angst vor diesem Vieh, das in ihr steckte und das nichts mehr mit einem Menschen zu tun hatte. Das Vieh hieß Schmerz. Und Susan war der Hirte.

Madame beobachtete das Schauspiel aus kühler Distanz. Sie griff in eine Schachtel, die rechts neben ihr auf dem Tisch stand, zog ein helles Röllchen heraus und zündete sich nachdenklich die Zigarette an. Ohne den Blick von der blökenden Anoje abzuwenden, blies sie den Rauch hinaus. Ihre dünnen Lippen spitzte sie in träumerischem Genuss, während sie gleichzeitig in tiefen Gedanken zu versinken schien.

»Mach es schön langsam Su«, sagte sie und ließ die Worte ein bisschen durch den Rauch segeln, »wir haben den ganzen Abend Zeit. Es soll schließlich eine Intensiv-Ausbildung werden.«

Fannys Walzer schwang sich zu dunklem Glanz auf. Anoje japste zwischen den Generalpausen. Beinahe zu Boden war sie von Susan gedrückt und gleich darauf wieder in die Höhe bis auf die Zehenspitzen gedrückt worden. Anoje wurde zu einer kleinen Marionette, die Su nach Belieben an den Fäden ihres Schmerzes tanzen lassen konnte. Anojes Gesicht entglitt zu einer Grimasse.

Susan zauberte jetzt auch die Kordel hervor. Nur wenige Griffe benötigte sie, um Anoje beide Hände damit auf dem Rücken zu fesseln. Zusätzlich zog sie die Schnur um Anojes Hals herum, dann um ihren Oberkörper und zwischen ihren Beinen hindurch, bis sie am Rücken wieder mit den Händen verknotet wurde. Anoje wurde regelrecht zu einem Paket zusammengeschnürt und konnte kaum noch atmen. Die Schlinge zwang sie dazu, ihr Kinn anzuheben, um nicht einen schneidenden Druck auf der Luftröhre zu erleiden. Obwohl Tränen über ihre Wange liefen, konnte sie dennoch verschwommen sehen, dass die dicke Frau neben Madame ihre Gabel in eine weitere Torte spießte.

Susan stand nun seitlich von ihr und zog ein weiteres Ende der Kordel durch ihre Beine. Jetzt begann der Schmerz, Anoje aus allen Richtungen zu zermürben. Sie schnappte nach Luft. Susan bemerkte dies voller sanfter Anteilnahme. Sie kam neugierig näher und blickte ihr aus wenigen Zentimetern in die Augen: »Wie bitte? Möchte meine kleine Taube etwas sagen?«

Dann zog sie die Schlinge fester. Anoje würgte. Susan durchdrang sie mit forschendem Blick, zog noch weiter nach, und wartete, bis Anoje sich erneut gegen die Strangulation stemmen würde. Jedes Zeichen von Anojes Angst sog die Blonde wissbegierig auf.

Wie unter einem Mikroskop wollte sie jedes Detail beobachten, das mit Anojes Qual zu tun hatte. Es interessierte sie auf eine animalische Weise.

Anoje wusste, dass sie in der Falle saß. Ihre Tränen tropften auf die Blütenstiele des Teppichs. Es gab kein Entkommen. Susan würde ihr nach Belieben Schmerzen zufügen.

»Was wollen wir denn jetzt mit unserem Blümchen machen?« wandte sich Susan voller Ratlosigkeit an die Frauen im Publikum. Eine der Sitzenden, sie nippte an einem Glas Weißwein, blickte mit teilnahmslosem Blick auf die verschnürte Anoje. »Mich nervt die kleine Schlaubergerin«, presste sie aus feuchten Lippen hervor. »Können wir nicht heute Abend in Ruhe feiern, ohne ihr dämliches Gesicht sehen zu müssen?«

»Wie wäre es«, sagte die Frau im gelben Kleid, »wir werfen sie in die Wäschebox? Dort hat sie Zeit, sich auszuweinen und fällt uns nicht weiter auf die Nerven.« Die Frau zeigte mit einem Aufrecken ihres Kinns auf die Kommode. »Da kann sie bleiben. Bis übermorgen. Und stört nicht.«

Panik stieg in Anoje auf.

»Ganz ruhig Mäuschen«, flüsterte die Weintrinkerin, »Ich mag die alten Truhen. Sie sind warm und man hat seine Ruhe. Man kann schon einmal üben, für später. Den Würmern beim Knabbern zuhören.« Auch sie griff jetzt nach einem Feuerzeug. Der Zündstein ratschte unter ihrem Daumen und gleich darauf schnappte der Verschluss gesättigt wieder zu. Sie sog den Rauch hungrig in sich, genoss die Füllung für einen Moment, und blies den Qualm dann aus spitzem Mund wieder hinaus. Ein sauberer Strahl signierte die Luft.

»Manchmal hole ich mir einen von den Männern von unten. Wenn nachts alle anderen weg sind. Dann gehen wir hier auf die

Möbel.« Sie nahm einen weiteren Zug, den sie diesmal als einen kreisrunden Ring aus ihrem Mund entließ. Die anderen Frauen hörten ihr leise zu.

»Manchmal lasse ich mich auf dem Tisch von einem nehmen. Oder an der Wand.« Sie blickte auf den gelungenen Ring aus Rauch, der wie gemalt von ihrem Gesicht abdriftete. »Der Letzte neulich hat mich richtig schön lange genommen... Auf der Kiste.« Sie hob die Zigarette und führte sie vorsichtig in den Kringel. »Er stößt mich so lange und so hart...« Auch Su lauschte jetzt interessiert, während Anoje sich in ihren Fesseln krümmte. Nein, Anoje wollte nicht in die Kiste geworfen werden. Aber was nur sollte sie tun, damit diese Prozedur ein Ende finden würde?

»Der Kerl, von dem ich mich am liebsten nehmen lasse, ist ein echter Bulle. Er nimmt mich, wie eine Maschine, ohne viel Gequatsche. Immer schön rund, bis das Hirn leer ist. Wir machen es, bis die Vögel piepen.«

Anoje konnte trotz ihrer Fesseln spüren, dass diese Worte auch bei Susan eine gewisse Wirkung auslösten. Offenbar wurde die Blonde nicht nur durch den Schmerz anderer erregt, sondern auch durch die Vorstellung von ausdauernden Männern.

»Er schiebt mich so lange und so gut«, fuhr die Raucherin ungerührt fort, »dass ich Halt brauche. Etwas Festes im Rücken. Damit ich Kontra geben kann. Am besten ist dafür die Truhe. Ich lasse mich gerne auf das Holz nageln. Ich bin das Brett, er ist der Stift. Er hämmert mich und hämmert mich, schön gerade, bis ich flach bin.« Sie blies die Worte wie selbstverständlich durch den Kringel aus Luft hindurch.

Anoje ließ den Kopf zu Boden sinken. Das konnten diese Weiber doch nicht mit ihr machen! Sie konnten sie doch nicht in die Truhe werfen und dann oben auf dem Deckel... klopfen.

Anoje konnte nicht mehr. Die Kordel tat ihr so weh, hatte sie das wirklich verdient? Ja, sie hatte Fehler gemacht, sie würde demnächst härter arbeiten. Sie würde für Madame alles tun, sie würde eine bessere Auswahl treffen. Sie würde den besten und stärksten Mann finden und ihn perfekt ausbilden lassen, und er würde im Tempel seine Sache großartig machen, und die Regierung wäre zufrieden, und die Bilder in den Nachrichten würden perfekt aussehen, die ganze Welt würde sehen, dass in Kujai faire Regeln herrschten. Keine Scheinhinrichtungen, die nach einer Minute zu Ende sind. Nur noch saubere Spiele, mit sauberen Kandidaten, und mit Männern, die Kraft haben. Muskeln, die stoßen können, und schieben -

Susan gab ihr einen Klaps auf den Hinterkopf.

»Blümchen träumst Du?«

Susan sah ihr mit einem schwärzlichen Blick in die Augen.

»Bitte nicht in die Truhe«, stammelte Anoje.

Susan streichelte ihr die Tränen von der Wange. »So, so. Nicht in die Truhe möchte unsere kleine Maus...«

Sie spazierte um die weinende Anoje herum und begutachtete sie von allen Seiten. »Nicht einmal als Unterlage ist sie zu gebrauchen. Blümchen, Blümchen...« Sie schüttelte seufzend den Kopf. »Was möchtest Du denn?«, jammerte sie und ging hinüber zu ihren Werkzeugen. Sie prüfte das Gewicht der Zange. Ob die immer noch genau so schwer war, wie am frühen Abend?

»Wisst ihr was?«, wandte sich Susan an das Publikum, »ich glaube, unser Mäuschen würde jetzt gerne einen richtigen Mann kennenlernen. Sie scheint ein bisschen aus der Übung zu sein. Zu einer ordentlichen Ausbildung sollten auch Bodenübungen gehören.« Sie knipste abrupt ihr Lächeln aus und sagte: »Das wird bestimmt aufregend.«

Ein Raunen zog durch den Raum.

»Sie hat ein bisschen Entspannung verdient«, flüsterte Susan und ging hinüber zur Couch. Auf dem Weg dorthin griff sie sich ein Glas Wein vom Servierwagen, setzte sich auf die Lehne und schüttelte ihre Mähne. Die Frau, die neben ihr saß, war eine magere Brünette mit markanter Nase und vielen farbigen Tattoos auf den Oberarmen. Ihre Füße hatte sie auf ihren Motorradhelm gelegt. Sie blickte bewundernd zu Susan auf und klopfte ihr anerkennend auf den Oberschenkel. Sehr schön habe sie das gemacht. Dann reichte sie ihr einen Schminkspiegel, auf dem drei feine gezogene Linien mit weißem Pulver lagen. Susan leckte sich über die Lippen und lachte. Ja, sie hatte Appetit. Sie zog durch ein Röllchen mit routinierter Geschicklichkeit alle drei Portionen hintereinander in ihr linkes Nasenloch.

»Spiel mal was Zackiges, Fanny!«, rief sie jauchzend, als nach vier, fünf röchelnden Versuchen der Spiegel endlich krümelfrei glänzte. »Irgendwas mit Rhythmus! Nicht so ein lahmarschiges Zeug!« Sie ließ die Rückseite ihre rechte Faust steinschwer in die Fläche der linken Hand klatschen, als wollte sie eine Meute Bauarbeiter zum Schichtwechsel in die Kiesgrube antreiben. »Wir wollen mal einen richtigen Rumms in die Bude kriegen!« Dann fiel sie wieder aus der Rolle und lachte über ihre kerlige Darbietung.

»Ja, unsere Mondblume hat ein bisschen Entspannung verdient«, seufzte jetzt auch Madame. Und mit Leguanblick setzte sie hinzu: »Holt mal einen Bullen aus den Katakomben nach oben!«

Die Braunhaarige ließ ihre Gabel sinken. Ihre Augen weiteten sich zu einem ungläubigen Staunen. Vermutlich hatte sie im Haushalt von Madame schon viele Bestrafungen miterlebt, aber diese hier war ihr neu.

Anoje drückte ihre Schultern auseinander, in der Hoffnung, damit den Zug der Schlinge lindern zu können. Die Kordel schnitt ihr immer noch unnachgiebig in die Kehle. Susan hatte sie so gut geknüpft, dass kein Millimeter Spiel blieb.

Dann öffnete sich die Tür, und Anojes Puls schnellte sofort nach oben. Sie sah einen großen, halb nackten Mann, der gefesselt hereingeführt wurde. Er hatte dunkelbraune Haut und beinahe kahl rasierte Haare und blickte verstört geradeaus. Zwei Wächterinnen hielten ihn an Ketten, die an einem Metallring um seinen Hals befestigt waren.

Sie hatten tatsächlich einen der Sklaven nach oben geholt. Anoje erkannte sofort, dass er aus der untersten Etage stammen musste. Er war kräftig und besaß beängstigende Muskeln. Er war fast nackt und von Schweiß und Öl beschmiert. Ein Tuch trug er als eine Art Hose umschlungen.

»Das ist Zari, nicht besonders feinfühlig, aber ausdauernd«, flötete Madame. Auch die anderen Frauen schienen atemlos vor Anspannung zu sein.

»Der Ärmste sieht ein wenig ausgehungert aus. Vielleicht baut unser Blümchen ihn ein bisschen auf...«

Jetzt hatten die Frauen den Mann direkt vor Anoje geführt. Mit einem klickenden Geräusch lösten sie seine Ketten.

»Was unser Freund brauchen würde, wäre ein wenig Motivation.«

Der Mann starrte mit offenem Mund auf die gefesselte Anoje.

»Ich fürchte, er vereinsamt ein wenig dort unten.«

»Na komm schon«, zischte eine der Frauen auf dem Sofa, »verpass' unserer Mondblume mal eine Intensiv-Ausbildung!«

Der Mann kam näher und blieb zögernd vor Anoje stehen. Er war einen Kopf größer als sie und Anoje konnte das Vibrieren seines Atems spüren. Er legte seine großen Hände um ihren Hals, aber er tat ihr nicht weh, sondern glitt nur etwas unbeholfen mit seinen Pranken über ihre Schultern. Er kam ihr so nah, dass sie seine Hitze spüren konnte. Er war wie ein Tier, dachte sie, etwas Animalisches lag in seinen Augen. Er roch nicht so schlimm, wie sie befürchtet hatte. Irgendwie anders. Ein bisschen sogar nach Vanille.

»Sie gehört Dir«, hörte sie Madame sagen. Aus den Augenwinkeln sah Anoje, wie die anderen grinsten. Wäre sie doch jetzt bloß bewusstlos geworden, wünschte sie. Sie drehte verzweifelt den Kopf und sah in sein riesiges Gesicht. Wie breit er aussah. Ihre Fesseln schmerzten. Anoje sah zwischen den lachenden Kerzenständern, wie Madame tadelnd den Kopf schüttelte.

Der Mann drückte sie langsam zu Boden. Es schien, als wolle er keine Gewalt anwenden. Aber sicher konnte Anoje da nicht sein. Sie konnte nichts dafür, so hilflos und verschnürt, wie sie dastand. Er blickte sie ein wenig unsicher an. Eine Ewigkeit musste der Kerl in den Katakomben gelebt haben, dachte Anoje, und obwohl er ihr nicht besonders energisch entgegen kam, machte Anoje so gut sie konnte zwei Schrittchen rückwärts. Sie fiel. Sie stürzte sanft auf den Rücken, wie ein Blütenblatt im Sommer. Der Teppich fing sie warm auf. Die Fasern waren so weich, dass sie sich nicht verletzte. Dann spürte Anoje, wie sein breiter Oberkörper auf sie sank. Seine Brust war stabil. Er hatte sie mehr abgelegt, als gestoßen und stützte sich nun mit seinen Ellenbogen neben ihrem Oberkörper auf. Anoje drehte den Kopf zur Seite und langsam beruhigten sich ihre nervös zuckende Augenlider. Jetzt konnte sie die Augen geschlossen halten. Was auch sonst sollte sie tun?

11. Rekrutierung

Anoje wusste nicht mehr, wie lange sie geschlafen haben mochte. Sie wurde vom Knistern der Kerzen geweckt, und als sie jetzt die Augen wie verrostete Fensterläden aufstemmte, sah sie, dass die Kerzen bis auf ihre Stümpfe niedergebrannt waren. Sie fauchten mit knackendem Protest ihre letzte Energie hinaus.

Anoje hörte eine Art Musik, süß und traurig, die aus dem Nebenzimmer drang. Es war eine tiefe Geigenstimme. Alles fühlte sich warm und behaglich an. Anoje streckte die Arme aus und ihre Beine glitten ein wenig schmerzend, aber behaglich über den weichen Teppich. Die anderen waren fort - höchst wahrscheinlich hatten sie sich aufgemacht, um pünktlich im Tempel zu sein.

Erschrocken griff sich Anoje an den Hals. Die Fesseln hatte jemand aufgeschnitten. Und dieser Mann lag neben ihr! Mit Wucht kamen jetzt die Erinnerungen zurück. Mein Gott, er hatte sich auf sie gelegt und sie hatte nichts dagegen tun können. Anoje biss sich auf die Lippen. Sie ließ erschöpft den Kopf sinken. Er hatte ihr nichts getan, das wusste sie.

»Du heißt Zari?«, fragte sie vorsichtig.

Der Schwarze lag jetzt auf dem Rücken und sah ausdruckslos zu den Lichtpunkten im Kronleuchter hinauf. Er nickte.

»Du lebst unten, in den Katakomben?«

Er schnaufte. Mürrisch hielt er eine Hand in die Höhe und spreizte zwei Finger.

»Seit zwei Wochen?«

Er schüttelte den Kopf.

»Zwei Monate?«

Er blickte ratlos.

Anoje gab auf. Was sollte auch das dumme Gerede. Womöglich hauste der Arme seit zwei Jahren dort unten. Es spielte keine Rolle. Sie musterte ihn eingehend. Er war stark. Sein Kopf war breit und sein Hals dick. Er besaß ordentliche Muskeln. Was sollte aus ihm nur werden?

»Zari, weißt du was?«, murmelte sie und blickte dabei wie er zur Decke hinauf. »Du hast mich gut behandelt. Du hast mir nichts getan. Dafür möchte ich dich belohnen.« Sie machte eine Pause und beobachtete ihn aus den Augenwinkeln. »Du... könntest etwas für mich tun. Etwas Mutiges. Würdest du etwas sehr Mutiges für mich tun?«

Sie sah, dass er nur kurz nachdachte und dann begann, langsam zu nicken.

»Ich möchte, dass Du all Deinen Mut zusammennimmst.« Sie blickte ihn prüfend an und sah in dem Glanz seiner Augen, dass er wusste, wie ernst es ihr war. Nach einer langen Pause, in der Anoje versuchte, einen möglichst treffenden Abglanz seines Willens, ja, seiner gesamten Seele zu erfassen, sagte sie: »Ich möchte, dass Du für mich kämpfst. Würdest du das tun?«

Er sah sie ernst an. Dann nickte langsam.

Vorsichtig küsste sie ihm auf die Stirn.

Vier Wächterinnen kamen mit entsicherten Elektroschockern herein gerauscht, griffen nach dem Mann und brachten ihn widerstandslos fort. Als die Tür hinter der Gruppe einvernehmlich zuschnappte, hörte Anoje die Menschenmenge vor dem Fenster. Die Massen kamen. Alle wollten das Spiel im Tempel sehen. Hubschrauber tuckerten durch den Himmel und suchten das Gelände nach möglichen Aufrührern ab.

Anoje fühlte sich unschlüssig: Sie wusste nicht, was sie für diesen Kerl empfand. Er war stark - das war gut. Viel wichtiger als ihre Gefühle für ihn war jedoch die Frage, ob er im Kessel bestehen könnte... Denn Anoje hatte ihre Lektion gelernt: Wenn sie verhindern wollte, dass Madame sie beim nächsten Mal in die Wäschetruhe warf, oder Susan beauftragte, ihr den Arm komplett auszukugeln, dann musste sie dringend bessere Ergebnisse bringen. Ab sofort sollten alle Männer, die sie für einen Auftritt im Tempel der Lichter herbeischaffte, nur noch beste Ware sein. Dieser Zari war ein interessanter Versuch, wie sie fand. Er schien motiviert zu sein. Er würde für sie alles geben. Aber - würde er das schaffen?

Anoje blickte auf die Uhr. In zwei Stunden würde der Tempel öffnen, also blieb noch ausreichend Zeit, dort nach dem Rechten zu sehen.

Anoje hatte nämlich vor einigen Wochen bereits ein geheimes Rekrutierungs-Programm gestartet, von dem Madame allerdings lieber nichts wissen sollte, nach all den mittelmäßigen Ergebnissen, die es bisher hervorgebracht hatte. Und dennoch wollte Anoje es versuchen; neue Kämpfer finden, die in der Arena eine ordentliche Figur abgeben würden. Bereits bei dem Gedanken daran, schlug ihr Herz schneller. Anoje benötigte dringend Nachschub an brauchbaren Männern. Reelle Kämpfer waren ein rares Gut und von den Kerlen in ihrer Umgebung kamen die meisten nicht in Betracht. Sie brauchte Kandidaten, die mit höchstem Einsatz zu Werke gehen würden. Anoje war sich sicher, dass ihre neue Strategie richtig war: Sie wollte Ausländer aus den Randbezirken anlocken. Die Fremden waren mit der kujanischen Kultur meistens noch nicht vertraut, besaßen dafür aber oft die stärkste Motivation. In einigen Firmen des Umlandes hatte Anoje sich bereits umgesehen - und dort bei ihren Untersuchungen auch gewisse Fortschritte gemacht.

Zur Mittagszeit war sie letzten Monat hinausgefahren: in eine der scheußlichen Fabriken im Bezirk für die Gewöhnlichen. Ohne Probleme war sie dort in die Pausenräume vorgelassen worden - und tatsächlich hatte sie nützliche Bekanntschaften schließen können. Eine kleine Japanerin hatte ihr in der Kantine einige interessante Hinweise ausgeplaudert. Anoje hatte sich mit ihr gleich angefreundet, was womöglich auch daran gelegen hatte, dass sie beide Vorfahren in Japan hatten. Ihr Name war Sai. Den Namen hatte sie sich gut gemerkt. Anoje hatte es sogar geschafft, vorzugeben, sie würde sich tatsächlich für die Männer der Fabrik interessieren. Was für ein absurder Gedanke! Die kleine Japanerin hatte Anoje sogar ihren neuen Freund gezeigt - oder zumindest einen Kerl, den sie dazu machen wollte. Der Typ stellte allerdings auch einen interessanten Kandidaten für Anojes Pläne dar... Liebend gerne wollte Anoje die beiden Turteltauben beobachten, wenn sie auf der Zuschauer-Tribüne Platz nahmen.

Und so waren Anoje und Sai ins Gespräch gekommen. Es war auf jeden Fall einen Versuch wert, den Freund von dieser Köchin zu observieren. Anoje würde sofort im Tempel nachsehen, ob der Plan aufging. Ob der Typ es tatsächlich bis in die Hauptstadt schaffen würde, nur für ein Rendezvous mit seiner Kantinenbekanntschaft? Dieses Treffen wollte Anoje unbedingt miterleben. Eilig verschwand sie in Richtung der Tunnel, die Madames Anwesen mit dem Tempel verbanden.

12. Am Ziel

Nach ungefähr einer Stunde zügigen Laufes erreichte Jo schnaufend den Zentralplatz. Nun endlich türmte er sich vor ihm auf: Ein grauer Berg aus Beton. Das riesige Gebäude wölbte sich in grimmigen Pracht in den Nachthimmel hinein. Jo verschlug der Anblick den Atem. Er musste an eine monströse Qualle aus Zement denken, während er voller Ehrfurcht stehen blieb und den Anblick auf sich wirken ließ. Der Tempel der Lichter befand sich inmitten einer weiten Ebenen, die den Mittelpunkt der Stadt bildete. Jo staunte, wie groß das Areal tatsächlich war. Die gewölbte Front des Gebäudes spannte sich über eine Strecke von mehreren hundert Metern. Sie war über die gesamte, fensterlose Fassade mit grauen Platten gepanzert, so dass der Tempel beinahe wie ein Bunker aussah. Hier hätte eine ganze Stadt Unterschlupf finden können, dachte Jo. Dann blickte er in die Höhe, wo die Luft vom Klang unsichtbarer Rotoren vibrierte - elektronische Aufklärungsdrohnen mussten irgendwo dort in der Höhe schweben - doch als Jo aufsehen wollte, wurde er bereits von den Menschen erfasst, die unaufhaltsam dem Tempel entgegen strömten.

Er folgte wie selbstverständlich der Menge. Wie in einem Traum durchschritt er das blaugraue Eingangstor, das wie die Kieferknochen eines Blauwales geformt war und einen dreieckigen Schlund bildete. Niemand sprach ihn an, keiner hielt ihn auf. Die Eingangshalle war von einem bläulich schimmernden Licht erleuchtet, und als Jo mit klopfendem Herzen das Foyer betrat, umschloss ihn sofort ein zauberhafter Glanz von allen Seiten. Das Funkeln schien von den fluoreszierenden Mauern auszugehen. Sie bildeten ein Labyrinth aus vielfach verzweigten Gängen. Es schien, als glühte der graue Stahl, der sämtliche Wände umgab, in einem kühlen Feuer.

Jo war nun immer weiter ins Innere hinein geraten, aber er wusste, dass er den richtigen Weg ging. Seinen Weg.

Überall sah er auf den Mauern Bilder von Pflanzen und Tieren, die gestanzte Flächen und wirre Linien bildeten. Alles erschien ihm völlig unverständlich, doch die Muster faszinierten ihn auch in zunehmendem Maße. Er bekam mit jeder Minute, die er sich hier länger aufhielt, das Gefühl, als begreife er etwas von den geheimen Botschaften und tieferen Bedeutungen, die in diesen Zeichen liegen könnten. Er sah Bilder des Drachens, aber auch Zahlen, welche ganz offensichtlich die Korridore nummerierten. Ein Blick auf seine Karte zeigte ihm, dass er tatsächlich die Wegweiser richtig verstanden hatte. Er erkannte die Symbole auf den Wänden wieder. Sie fügten sich zu einem Zahlensystem zusammen, das sämtliche Gänge nummerierte. Jo fand sich zurecht, wie ein Fisch im Strom. Er war in eine neue Welt getaucht. Und er wollte für immer in ihr bleiben.

Dunkelblau leuchtete der Gang jetzt vor ihm. Immer weiter wurde Jo in die Tiefe des Tempels gespült. Er folgte dem Symbol eines Tigers, das auch auf seiner Karte abgebildet war. Überall roch es nach süßem Parfüm. Junge Frauen standen in Abendkleidern auf den Korridoren und unterhielten sich lebhaft, während Jo sich verlegen an ihnen vorbei schob. Eine japanische Frau in einem violetten Kostüm hielt einen Fotoapparat in den Händen, an dem sie hantierte. Rufe und Pfiffe hallten durch die von Betonmauern eingefassten Zugänge. Es war eng, und Jo begann zu schwitzen. Verkaufstände boten Artikel zum Kauf an: Kleidung mit asiatischen Schriftzeichen und anderen Symbolen, die Jo nicht deuten konnte. Verzerrte Drachen, zerfließende Kreise, Blumen. Alles war ihm fremd. Manchmal wurde er bei seinem Versuch, den Weg entlang des Tigerbildes zu finden, von den Frauen um ihn herum abgedrängt. Es roch nach Vanille. Hektik erfasste ihn.

Jetzt führte ihn der Weg eine breite Treppe hinauf. Schon von unten konnte Jo erkennen, dass ihn oben ein freier Raum erwarten würde. Es war der Aufgang zu einer Art Auditorium. Neugierig stampfte er hinauf. Auch diese Klippe würde er in Bestzeit überwinden, da war er sich sicher. Treppensteigen, das konnte er. Mit einem Gefühl der Befreiung genoss er die Luft, die ihm oben entgegen schlug. Endlich hatte er wieder Raum.

Jo blickte um sich und sah, dass er sich in einer riesigen Halle befand. Ehrfürchtig blickte er zur Decke hinauf. Eine gewaltige Kuppel voller Lichtpunkte spannte sich viele Meter über ihm. Silberne Lichtstrahlen schossen von oben herab. Jo blieb einen kurzen Moment stehen, um die verzweigte Architektur zu bewundern. Welcher irdische Gott wollte hier Hof halten?

Der Anblick brachte ihn zum Taumeln. Er hielt sich an einem Geländer fest und blickte auf die Szenerie. Sie war gigantisch: Wie Insekten glitten die Menschen aus den Zugängen und verteilten sich in kleineren Strömen. Es mussten mehrere Tausend Besucher sein, schätzte er. Jetzt begriff er, dass er sich in einem Zuschauerraum befand, der gepolsterte Sitze für das Publikum bereithielt. Zahlreiche Paare hatten sich bereits niedergelassen. Sie hockten in den Separees, von denen die meisten mit kleinen Tischen ausgestattet waren. Es war ein riesiges, festliches Gewimmel. Jo sah Frauen in eleganten Kleidern, die sich grinsend auf ihren Sitzen rekelten. Einige rauchten Zigaretten und bliesen den Rauch in die Luft, andere nippten an langstieligen Gläsern und blinzelten in die Gegend. Funkelnde Augen verrieten bei allen die Vorfreude auf einen besonderen Abend.

Jo atmete durch und blickte hinab. Nur in Teilen konnte er die Form des Saals erfassen. Es musste sich um einen beinahe kreisförmigen Raum handeln, in deren Mitte eine große Fläche im Dunklen ruhte. Auch schien die finstere Zone einige Meter in die Tiefe hinab zu reichen. Schnell ging er weiter. Hinter ihm drängten weitere Personen nach, und er hörte, wie um ihn herum Frauen kicherten. Der fremde Mann werde noch staunen, schien eine zu sagen. Jo ging weiter.

Je länger er sich durch den Gang schob, desto stärker meldeten sich Zweifel in ihm. Was würde er tun, sollte er Sai nicht finden konnte? Vielleicht war sie gar nicht gekommen? Und wenn er in dem Gewimmel an einer Stelle den falschen Aufgang genommen hätte, dann wäre es völlig aussichtslos gewesen, sie noch irgendwo anders zu finden. Viel zu groß war der Tempel und Jo fühlte sich sehr klein. Seine Schuhe drückten ihn, er schwitzte. Zum Glück sprach ihn niemand an; er hätte nicht gewusst, wie er sich verständlich machen sollte.

Nach einigen Minuten erreichte er tatsächlich sein Ziel. Es schien ihm wie ein Wunder, dass jene Karte, die Sai ihm damals gegeben hatte, ihn tatsächlich an den richtigen Ort geführt hatte. Sein Herz machte einen Sprung vor Glück. Es war ein weiter Weg gewesen, bis hierher. Und tatsächlich sah er sie: Sai saß dort, und neben ihr gähnte - ein freier Platz! Jo hätte am liebsten ein Foto gemacht, so glücklich fühlte er sich bei diesem Anblick. Den freien Sitz hatte Sai nur für ihn frei gehalten. Und wie hübsch sie war...

Das Glück ließ ihn einen Arm in die Luft reißen. Er winkte wie ein Sportler, der einen entscheidenden Siegtreffer erzielt hätte.

»Sai! Hier... Hier bin ich!« Rief er und schob sich näher.

Sie war es tatsächlich! Sai erwartete ihn mit neugierigem Lächeln. Als sie ihn sah, ließ sie ihren Mund zu einem stummen Freudenlaut aufklappen. Aufgeregt ruderte sie mit den Händen durch die Luft und winkte ihm wie ein Kind zu: »Jo! Komm rüber!«

Sie begrüßte ihn, als wären sie bereits alte Freunde. Jo explodierte innerlich vor Freude, dass Sai ihn offenbar in den engeren Kreis ihres Lebens geschlossen zu haben schien. Er fühlte ihre zarten Hände, die nach den seinen griffen.

»Da bist du ja«, sagte sie und drückte ihre Wange an seine. »Und so pünktlich. Schön, dass du es gefunden hast«, sagte sie und ließ die Augen schelmisch rollen. Sie fasste ihn aufmunternd fester an den Händen und drückte sie feste. Jo spürte, wie er zu glühen begann.

Sai war eine ausgesprochen hübsche Frau, Anfang dreißig, mit dunklen glatten Strähnen, die sie mit einer schrägen Scheitelfrisur in ihre Stirn fallen ließ. Ihre Vorfahren mussten aus Japan oder einem anderen asiatischen Land stammen. Jo blickte in ihr heiteres Gesicht und war so glücklich, wie seit Monaten nicht mehr. Sie funkelte ihn mit jenem tiefen Lachen an, das ihn gleich am ersten Tag fasziniert hatte. Mit aufgeregtem Winken deutete sie auf den Sitz neben sich.

»Setzt dich doch«, lud sie ihn ein. »Bist du etwa zu Fuß gegangen?« Sie blickte amüsiert auf seine Stiefel. Auch an seiner Jacke und der abgeriebenen Hose hätte man sehen können, dass Jo lange Zeit durch die sandige Luft gewandert war. Seufzend ließ sich er in das Polster fallen.

»Aber nein«, log er, »ich wohne doch nicht weit von hier.« Er wischte seinen Scheitel über die Stirn und hoffte, dass Sai die Flunkerei nicht bemerken würde.

Sie musterte ihn aufmerksam.

Jo versuchte, das Klopfen seines Herzens in dem dicken Polster des Sitzes zu begraben. Es fühlte sich angenehm an, endlich zur Ruhe zu kommen. Der dicke Stoff schmiegte sich warm an seinen Rücken - genau das Richtige, fand Jo, nach dem langen Marsch. Jetzt spürte er die Erschöpfung.

Seine Hand fuhr nervös über das Kinn. Gut rasiert war er immer noch. Er war stolz, Sai gefunden zu haben, doch die Details seiner abenteuerlichen Reise wollte er auf keinen Fall preisgeben. Er blickte sie verlegen an. Sie hatte sich ganz besonders hübsch gemacht: mit silbernen Perlen an Hals und Ohren und dazu ein dunkles Lederband, das ihren Hals straff umspannte. Ihr Lachen wirkte noch viel strahlender, als er es damals in der Kantine kennengelernt hatte. Heute hatte sie einen grünlichen Farbton für ihre Lippen gewählt. Zunächst fand Jo dies äußerst ungewöhnlich, beinahe abstoßend. So einen giftigen Glanz hätten die Frauen in seiner Heimat niemals getragen. Doch hier, in der gräulichen Nachtstadt wirkte es plötzlich äußerst attraktiv. Ein Zeichen von Wohlstand und gutem Geschmack. Jo begann, all die fremdartigen Dinge in Kujai aus tiefstem Herzen zu mögen. Schön war Sai.

»Dort wo du herkommst, kennst du unsere Regeln nicht«, sagte Sai und musterte ihn eindringlich. Noch immer verstand Jo die Sprache der Kujaner in vielen Zwischentönen schlecht. Er dachte nach. Ja, sie hatte recht: In den wenigen Monaten seit seiner Ankunft waren ihm zahlreiche Eigenarten der Einheimischen aufgefallen, die ihn verwirrt hatten. Deshalb hatte er auch gezögert, Sais Vorschlag anzunehmen, einen gemeinsamen Abend zu verbringen. Sie hatte ihm nicht verraten, was ihn erwarten würde, obwohl er mehrmals nachgefragt hatte. Jo wusste nicht, ob sie mit ihm zu einer Show oder einer Sportveranstaltung gehen wollte. Womöglich handelte es sich bei dem Besuch im Tempel der Lichter um ein religiöses Ritual! Sai hatte ihn nur schelmisch angesehen und gesagt: »Du wirst schon sehen. Es wird dir ganz sicher gefallen.«

Jo entspannte sich, nun, da er in dem Separee behaglich eingesunken war. Sai funkelte ihn an und flüsterte: »Und? Freust du dich?«

»Nun...« Jo versuchte, ihre blendende Laune zu erwidern. Die aufgekratzte Stimmung, die überall in der Halle herrschte, erschien ihm ein wenig unerklärlich. Etwas gequält geriet ihm daher sein Lächeln. »Ich weiß ja nicht, was uns heute hier erwartet.« Sein Blick versank in Sais Augen. Wie ein Stein in einen Teich glitt er in ihre violette Tiefe hinab. Es lag etwas Unergründliches hinter dem Rand ihrer Pupillen, als würde dort ein fremder Kontinent ruhen, der mit der hiesigen Welt nur lose verbunden war. Ihr Blick erregte ihn und er spürte, dass es nur noch eine Frage der Zeit sein würde, bis er sich hoffnungslos in diese Frau verlieben würde.

»Was wird denn heute Abend gespielt?«, fragte er fröhlich und sah sich nach allen Seiten um.

Sai schwieg für einen Moment und lies einen Anflug von Hochmut in ihren Augen aufscheinen. Sie grinste. »Nun, wir Kujaner sind berühmt für unsere Nächte im Tempel der Lichter! Nicht jedem mag das gefallen, aber hier bei uns zählt einmal im Monat, kurz vor der Mondwende, nichts anderes.« Verspielt hielt sie ihre kleinen, geballten Fäuste in die Höhe. Sie schüttelte ihre Hände voller Begeisterung. »Alle lieben es.«

Ihr Blick huschte über den Innenraum. Das schwarze Loch lag hinter der Brüstung wie ein schläfriges Ungeheuer, das in fremden Träumen ruhte. Jo roch das Parfüm der Frauen um ihn herum. Dass in der dunklen Fläche vor ihm ein völlig leerer Bereich liegen musste, ahnte er durch die leisen, hallenden Geräusche, die zu ihm wehten. Anhand der akustischen Reflexion bekam man einen Eindruck von der Architektur. Jetzt nahm der Lärm der Zuschauer ein wenig ab.

»Ich liebe die Stille vor dem Beginn«, flüsterte Sai gespannt. Während auch Jo die weite Rundung des Raumes beobachtete, erblickte er auf den Treppen eine Frau, die von Loge zu Loge eilte. Sie servierte Getränke aus einem kleinen Wagen.

»Oh ja, lass uns Champagner trinken«, rief Sai, die seinen Blick bemerkt hatte.

»Gerne«, erwiderte Jo und gab dem Mädchen ein Zeichen. »Aber nun sag schon: Was wird heute Abend hier gespielt?« fragte er erneut. »Ist es wie in der Kirche? Oder mehr wie ein Konzert?« Er lachte etwas unbeholfen.

Sai grinste und schüttelte vergnügt den Kopf. »Kirche, Konzert... Aber nein. Ihr Ausländer seid so süß! Ihr versteht unsere Kultur überhaupt nicht. Kirchen und Konzerte sind doch längst abgeschafft worden. Aber entspann dich. Lass dich überraschen.«

Das Mädchen kam mit dem Champagner zu ihnen. Jo genoss die Art, wie sie routiniert die Flasche öffnete und mit eleganten Bewegungen zwei Gläser füllte. Das hatte Stil. Sie reichte erst Sai dann Jo die Gläser und wippte eilig weiter zur nächsten Loge. Jo hatte Spaß daran, ihr von hinten auf die Oberschenkel zu schielen.

»Hey, hier spielt die Musik«, hörte er Sai reklamieren. Sie fuchtelte mit einer Hand vor seinen Augen und zwinkerte ihm zu. Auch Jo erhob sein Glas.

»Also dann«, sagte sie, »mein lieber neuer Kollege: zum Wohle! Willkommen in Kujai-City. Auf dass du dich bei uns gleich wohlfühlen möchtest. Auf den schönen Abend!" Sie erhob ihre Hand mit dem Glas, prostete ihm zu und flüsterte: »Hoffentlich gefällt Dir unser Nationalsport.«

Sie blickte ihm tief in die Augen. Jo spürte, wie sein Herz einen weiteren Schritt auf diese wunderbare Frau zu machte. Er zog erfreut die Augenbrauen in die Höhe und sagte: »Wir sehen heute

Abend also Sport?« Endlich nahm das Geheimnis der dunklen Arena Gestalt an. Jo fühlte sich ein wenig erleichtert.

»Aber natürlich«, erwiderte Sai, »du magst doch Sport? Ihr Fremden seid doch immer alle verrückt nach Sport.«

Jo suchte nach den richtigen Worten. Um nichts in der Welt hätte er Sai enttäuschen wollen. Sport, nun ja. Er selbst war ausdauernd, und nicht besonders kräftig. Seine eigentliche Leidenschaft galt der Programmierung von Computern. Und er liebte die klassische Musik seiner Heimat. Sportspektakel im Fernsehen waren ihm aus tiefstem Herzen zuwider. Was sollte er an dem vergeblichen Rennen und Springen finden? Letztendlich war es ein primitives Kinderspiel, das ihn an Tiere erinnerte, die nach Futter suchten. Nein, das Wettlaufen von fremden Menschen entsprach nicht besonders seinem Geschmack. Unmerklich blies er die Wangen auf. Und doch sagte ihm Sais drängender Blick, dass es in diesem Moment vielleicht geschickter wäre, sich ihrer Euphorie anzuschließen. Ihre Augen funkelten so unternehmungslustig...

»Gewiss«, log Jo also, »natürlich mag ich Sport.« Seine glatt rasierten Wangen wurden ein wenig rot, doch Sais aufblühendes Lächeln wischte alle Zweifel beiseite.

»Na, dann wirst Du unseren Abend bestimmt mögen«, sagte sie schnell. »Du wirst sehen: Heute Nacht machst du den ersten Schritt, ein echter Kujaner zu werden!«

Sai nahm einen Schluck und klopfte ihm aufmunternd auf das Knie. Das gefiel ihm. Ja, diese aufgedrehte kleine Asiatin betörte ihn immer mehr. Auch er nahm einen Schluck von dem Champagner und spürte, wie sich seine Laune merklich besserte. Ach, wie wunderbar sich alles gefügt hatte, dachte er. Nun war er endlich in seinem neuen Leben angekommen, die Strapazen der Übersiedlung lagen hinter ihm, und wer weiß: Vielleicht würde er heute Abend sogar noch einen Kuss von einer aufregenden Frau ergattern.

Er nahm einen Schluck. Scharf schmeckte der Champagner, aber er schob seine Müdigkeit endgültig beiseite. Er spürte, wie seine Lebensgeister in ihm zu tanzen begannen. Gleich würde er die Kultur der Metropole aus erster Hand kennenlernen, mochte es Sport sein, oder Zirkus, das war ihm einerlei. Jo ließ den Blick zur Seite schweifen, wo sich die angrenzenden Logen ebenfalls mit Besuchern angefüllt hatten. Man lachte und gestikulierte angeregt, trank Champagner und kicherte amüsiert. Diese Kujaner waren tatsächlich nicht nur wohlhabender, sondern auch wesentlich lebhafter als die Menschen in seiner Heimat.

Jo streckte die Beine aus und wippte vergnügt mit den Füßen. Seine Stiefel sahen jetzt in der Dunkelheit tatsächlich so sauber und heil aus, wie sie eigentlich hätten sein sollen. Er reckte vergnügt das Kinn in die Höhe. Wie weit es dort nach oben ging. Die Lichtstrahlen aus der Kuppel funkelten in einem blauweißen Glanz und zeichneten dunstige Fäden in die Luft. Schön ist es hier, dachte er. Jetzt sehen wir uns dieses Spiel an, dachte er, und anschließend gehen wir vielleicht in ein Restaurant. Jo hatte Geld dabei. Er blickte auf die Uhr. In zwei Stunden war die Vorstellung sicherlich beendet. Dann hatten sie noch viel Zeit. Er fragte sich, welche Farbe wohl Sais Unterwäsche haben mochte?

Die Lichter in den Logen funkelten wie silberne Sterne, die ihm mit ihren Strahlen in die Augen stachen. Jo konnte auf der gegenüberliegenden Seite eine Gruppe von Frauen erkennen, die in ausgelassener Partylaune auf den Stufen tanzten und ihre Arme über den Köpfen schwenkten. Kichernd und kreischend winkten sie zu ihm herüber. Das Fest konnte beginnen.

»Danke, dass du mich hierher geführt hast, Sai«, sagte Jo. »Es ist alles so wunderbar.«

»Psst«, unterbrach sie ihn und legte ihren Zeigefinger auf seinen Mund.

»Aber, ich meine es ernst«, protestierte er.

»Ganz ruhig, es geht doch gleich los.« Sais Augen glänzten, wie bei einem Kind an Weihnachten.

13. Carl

Carl schleppte seinen Körper mit gesenktem Kopf den Gang entlang. Die Ketten an seinen Füßen sangen ihr rostiges Lied von Mühsal und Gefangenschaft. Vor seinem Bauch hing eine große, rot-weiß gestreift Trommel. Lustlos wie er selbst wiegte auch sie im Takt seiner Schritte hin und her. Man hatte ihm das Gerät zugeteilt, obwohl er protestiert hatte, und nun wankte er damit so mühsam voran, als müsste er einen Sack Geröll aus einem Steinbruch schleppen. Das Instrument war über einen Meter groß und behinderte ihn beim Gehen. Bei der Trommel handelte es sich um eine tragbare Pauke, und Carl fühlte sich rundweg lächerlich mit dem Ding. Jetzt schickte man ihn zum Karneval, hatte er gedacht, aber er wusste, dass es in Kujai überhaupt keine Feste dieser Art gab. Vor und hinter ihm trabte eine lange Reihe von Leidensgenossen mit baugleichen Geräten.

Sie waren zu einer Gruppe von insgesamt dreißig Männern eingeteilt worden. Für die Probe hatten wenige Minuten gereicht; es war einzig eine Art Anweisung gewesen, wie sie sich zu verhalten hatten. Jetzt wurden sie wie Vieh den Gang aus den Katakomben nach oben getrieben. Es brauchte nur wenige Wärterinnen, die sie mit Schlagstöcken und Elektrogeräten bewachten. Tatsächlich hatte es so gut wie keinen Widerstand gegeben, denn viele der Gefangenen waren froh, aus den Zellen herauszukommen und sich mit irgendeiner Beschäftigung abreagieren zu können. Hauen wir eben auf die blöde Pauke, hatte einer gerufen.

In jede Hand hatten die Wärterinnen ihnen einen Trommelstock gereicht, nicht ohne hämische Bemerkungen zu rufen: Glück hätten sie gehabt, und es sei eine Ehre, hier musizieren zu dürfen. Und mit etwas Glück könnten sie eine »Madame« gnädig stimmen...

Carl hatte sich in sein Schicksal gefügt. Für jene Rhythmusgruppe, in die er geraten war, gab es offenbar sowieso keine Regeln. Sie brauchten sich um keine Art von Takt zu kümmern. Es wären keine musikalischen Fertigkeiten von Nöten, hieß es, die Männer sollten nur kräftig Lärm erzeugen. Allerdings mussten die Anweisungen einer Dirigentin penibel befolgt werden. Unter Androhung von Elektroschocks mussten ihre Einsätze befolgt werden. Carl hatte nur müde mit dem Kopf geschüttelt.

Er konnte sich nur schwer mit seinem Schicksal abfinden. Wieso war er überhaupt hier gelandet? Vor wenigen Wochen noch hatte er das Leben eines braven Fabrikarbeiters geführt. Carl besaß keine Feinde, geschweige denn ernsthafte Konflikte mit dem Staat. Dass politische Dissidenten gelegentlich von der Bildfläche verschwanden, hatte er gewusst. Das war bekannt. Aber in seinem Fall musste es sich um eine Verwechslung handeln. Vielleicht hatten sie eigentlich Josemin, den Neunmalklugen gemeint, als sie ihn geschnappt hatten. Ein Irrtum war die ganze Sache bestimmt. Obwohl selbst Josemin außer seinen Korrektur-Listen nichts politisches im Kopf hatte und viel zu feige für jede Art von Maul-Aufmachen war. Der hatte ja Schiss vor so ziemlich allem. Aber mit etwas Fantasie hätte man Josemin vielleicht noch als Querulanten einstufen können, dachte Carl. Jo war in Carls Abteilung der Einzige gewesen, dem irgendwelche Spinnereien zuzutrauen gewesen wären. Auch, wenn man nie auf den Typ zählen konnte, wenn man ihn wirklich brauchte. Carl spuckte schräg an der Trommel vorbei.

Irgendwie hatte man Carl in eine Falle gelockt, soviel stand fest. Auf dem Parkplatz waren ihm plötzlich die Lichter ausgegangen, das wusste er noch. Alles musste auf eine undurchschaubare Weise mit dieser fremden Frau zu tun haben, die damals in der Firma aufgetaucht war. Japanisches Gesicht, kam vielleicht gerade von der Universität, so arrogant, wie sie durch den Speisesaal blickte. Es war eine kleine Schnepfe gewesen, die ganz offensichtlich gar nicht zu KPP gehörte. Zuerst hatten ein paar von den Jungs ihr sogar noch schöne Augen gemacht, weil sie irgendwie feiner daherkam, als die übliche Belegschaft. Kam angestöckelt, wie auf Dienstbesuch. Guckte in der Kantine rum, als gäbe es dort etwas zu inspizieren. Und heimlich hatte sie sich hintenrum an die Frauen rangemacht, die an ihren Tischen saßen. Zu den Männern wollte sie nicht gehen, dabei konnte man spüren, dass sie irgendwie scharf auf die Kerle war. Mit den Ladys am Nebentisch hatte sie dann lange getuschelt. Carl und die andern hatten gelacht. Nicht im Traum hätten sie daran gedacht, dass die Fremde jemand von der Polizei aus Kujai sein sollte. Was um Himmels willen sollten die auch in ihrer Firma suchen? Mitanpacken bestimmt nicht.

Aber Carl war sich sicher, dass mit der Kleinen etwas faul war. Tankgutscheine hatte sie ausgelegt, kleine violette Werbezettel. Und Jo hatte einen davon genommen. Fünfzig Prozent Rabatt auf alles. Das wäre eine Fahrt an den Stadtrand wert. Erst sehr viel später hatte Carl sich erinnern können, dass es dann auf dem Gelände dieser Tankstelle geschehen sein musste, wo man ihn geschnappt hatte. Dort riss sein Film. Er wusste nur noch, wie sehr er sich gewundert hatte, dass ihn dieser Tankgutschein an einen Ort geführt hatte, der ihm völlig unbekannt war. Als Carl sich aufgemacht hatte, mit seinem Wagen die Tankstelle zu suchen, die den Rabatt anbot, da hatte ihn der Weg unglaublich weit aus der Siedlung heraus geführt. Er fürchtete beinahe, er könne sogar in die Nähe der verbotenen Nachtstadt geraten. Schwarz war der Horizont gewesen, als er mit seinem Wagen immer weiter in die Nacht hinaus musste. Beinahe wäre er umgekehrt, doch ein wenig hatte ihn auch die Neugier gepackt. In der Ferne sah er bereits das grünliche Glühen der Militärbasis. Das war gefährlich, da sollte man bloß nicht zu nahe rankommen. Carl wollte umdrehen, doch am Ende der Straße hatte er bereits das Gelände einer Tankstelle gesehen. Und genau dies musste die Falle gewesen sein, in die er blöde wie ein Ochsenfrosch getappt war. Er hatte seinen Wagen betankt und sich über den günstigen Preis gefreut. Dann wollte er zahlen und war hineingegangen und sah, dass die Kassiererin telefonierte. Und als er bereits auf dem Rückweg zu seiner Karre war, da hatte er diese Frau gesehen. Sie war blond und groß, und sie trug einen eleganten Anzug. Hübsches Lächeln. 'Ne Nutte gibt's auch noch gratis dazu, hatte er gedacht. Das war das Letzte, woran er sich erinnerte.

Als er wieder zu Bewusstsein kam, fand er sich in einer Zelle wieder. Von Ratten hatte er geträumt. Die Schweine hatten ihn nach Kujai verschleppt, das begriff er sofort. Aber dass alles mit diesem Tankgutschein zu tun hatte, den er in der Kantine gefunden hatte, auch das wurde ihm jetzt klar. Die kleine Asiatin hatte ihn angelockt - und die große Blonde dann irgendwie betäubt.

Carl spuckte auf seine Trommel. Diesen Gutschein, den hatte diese verdammte Lady in dem violetten Kostüm in der Kantine ausgestreut. Warum, wusste kein Mensch. Carl wusste nur eins: Die ersten Takte würde er nur für sie schlagen.

14. Black Out

Das Licht verlöschte. Als wäre eine Decke aus Samt über die Zuschauer geworfen worden, wurde Jo von der Dunkelheit überwältigt. Sie wärmte und schützte ihn. Abrupt versank die Halle in einer sanftmütigen Finsternis. Wie aufgeschreckte Vögel schwirrten die letzten aufgeregten Kiekser fort.

»Es geht los«, hauchte Sai. Ihre Stimme war jetzt ein Wispern. Die Stille kroch durch die Halle und breitete sich in jeder Ecke aus. Nur noch vereinzeltes Murmeln war aus dem Publikum zu hören.

Dann schoss ein Lichtkegel senkrecht von der Decke des Raumes herab. Das Licht traf eine Person, die genau in der Mitte stand. Es war eine Frau, die einen leuchtend roten Hosenanzug trug. Sie verharrte bewegungslos in der Mitte. Ihre Haare strahlten ebenfalls rot. Sie sah gut aus, wie Jo fand. Er griff nach dem Glas.

»Bürgerinnen und Bürger von Kujai«, rief die Rothaarige mit metallischem Klang in ein unsichtbares Mikrofon, »erfüllt von Stolz haben wir uns heute versammelt, um den Höhepunkt des Jahres zu feiern. Die Welt schaut auf uns. Und wir wollen ihr Antwort geben. Im Glanz des Imperiums erblüht unsere Leidenschaft, die ein tiefes Band des Segens für jeden Bürger Kujais ist. Jeder von uns fühlt heute die Ehre, welche die Nacht im Tempel der Lichter bedeutet.« Sie hob eine Hand in die Höhe und sprach sehr langsam: »Im Tanz der Gegensätze liegt der Weg, der unser Land formt und beschützt.« Sie machte eine bedeutsame Pause, drehte sich in alle Richtungen und fuhr fort: »Erkenne dich selbst - und dann erkenne den Weg.« Leise setzte sie nach: »Besetzt die Tore.«

Jo blieb keine Zeit, sich über die sonderbaren Worte Gedanken zu machen. Das Licht flammte auf. Jo musste die Augen zusammenkneifen, so hell wurde es. Ein schreiend grelles Weiß blendete ihn aus allen Richtungen. Dann sah er, was vor ihm lag: eine gewaltige ebene Fläche, die in gleißender Helligkeit erstrahlte. Jo erkannte jetzt die Beschaffenheit des Raumes: Hinter der Balustrade ging es einige Meter hinab und der Boden bestand aus einer ebenen Fläche, die sich bis an die Umrandung erstreckte. Jo schätzte den Durchmesser auf hundert Meter. Die Begrenzung ergab sich aus der hohen Mauer, hinter der die ersten Zuschauer von oben herab in das Innere blickten. Jetzt verstand er, dass er in der ersten Zuschauer-Reihe saß, die an einer mächtigen Arena lag. Die Überraschung war gelungen. Die Größe und Helligkeit des Raumes beeindruckte ihn sehr. Es war ein Kessel.

Sai lachte auf und stieß ihm schelmisch ihren Finger in die Seite. »Schau es dir ganz genau an! Jede Sekunde ist wichtig. Es wird dir bestimmt gefallen.«

Jos Blick lief über die schneeweißen Mauern. Undeutlich konnte er darin zwei meterhohe Tore erkennen, die sich auf den gegenüberliegenden Seiten der Arena befanden. Beide waren mit schweren Eisenstangen vergittert. Das eine Tor trug tatsächlich eine dunklere Farbe als das andere, das silberweiß strahlte. Jo blickte neugierig zu dem schwarzen Tor. Es öffnete sich.

Schwer und langsam bogen sich die Flügel auf und Jo musste die Augen zusammenkneifen, um besser in die Öffnung sehen zu können. Aus dem dunklen Gang trat eine Gestalt. Sie näherte sich und als die Gestalt in das Sprühlicht trat erkannte Jo: Es war ein dunkelhäutiger Mann, der mit energischem Schritt aus dem Tor herausmarschierte. Er war barfuß und trug lediglich Shorts. Langsam bewegte er sich in den Raum hinein und blieb mit gesenktem Kopf einige Meter vor der Mitte stehen. Er schien ziemlich kräftig zu sein - ein durchtrainierter Sportler offenbar. Jo bemerkte seine bandagierten Fäuste.

Überrascht blickte er zu Sai. Sie atmete tief durch. Der Anblick des schwarzen Mannes schien sie zu fesseln.

»Das ist Zari. Er ist gut«, sagte sie, während sie sich vorbeugte, um besser in Jos Ohr flüstern zu können. Ihre Stimme war atemlos und klang voller Respekt, als verrate sie ein dunkles Geheimnis: »Er ist richtig gut. Wendig und ausdauernd. Ein guter Taktiker. Im Training war er der Beste seiner Gruppe.«

Jo blickte auf den Mann in der Arena. Eine Art Boxkampf - das war es also, was ihn erwartete? Damit hatte er nicht gerechnet.

Ohne ihren Blick von dem Boxer abzuwenden, sprudelte es aus Sai heraus: »Es wird ein ganz besonderes Spiel werden. Es ist das Duell der Gegensätze. Schwarz gegen Weiß«, erklärte sie. Sie schien jetzt ganz in ihrem Element zu sein. »Kämpfer der unterschiedlichsten Stile treten gegeneinander an. Es gibt tausend Varianten. Wendigkeit, Ausdauer, Taktik. Am Ende aber werden aus all den Möglichkeiten die besten Gegensätze herausgefiltert. Darin liegt der Prozess der Reife. Und es gibt nur einen Sieger. Er vereint am Ende alle Gegensätze in sich.«

Jo schluckte. »Und sie werden wirklich versuchen, sich zu schlagen?« Beunruhigt blickte er zu Sai.

»Natürlich«, erwiderte sie, »und zwar nicht nur versuchen... Es geht nur um eines: Den Gegner zu besiegen. Alle Techniken werden eingesetzt. Ein Schlagabtausch bis zum Ende. So lange, bis es einen einzelnen Sieger gibt. Dann erst sind die Gegensätze vereint.«

Sai blickte hinab zu dem Schwarzen. Es war offensichtlich, dass sie den Kerl aus heißem Herzen anhimmelte.

»Er ist so mutig... Aber Vorsicht: Hinter dem weißen Tor wartet auch jemand, der hart trainiert hat.«

Gebannt blickte Jo auf das zweite Tor, das auf der gegenüberliegenden Seite immer noch verschlossen war. Ob der zweite Kämpfer bereits dahinter wartete?

Unvermittelt griff Sai nach seiner Hand. Mit einer sanften Bewegung zog sie seine Finger zu sich und führte sie auf ihren Oberschenkel. Fürchtete sie sich? Den Eindruck hatte Jo nicht. Die Aussicht, einen gewalttätigen Kampf zweier Boxer miterleben zu dürfen, erregte sie offenbar. Jo war verblüfft. Obwohl er jetzt mit Erschrecken den wahren Charakter der Veranstaltung erkannte, so genoss er es, die Beine von Sai unter dem Stoff ihrer Hose spüren zu können. Sie waren schlank und fest.

Dann sah er, wie Sai in ihrer Hand mit zwei kleinen metallischen Gegenständen spielte.

»Was hast Du denn da?«, fragte er belustigt und zog ihren Unterarm nach oben.

»Glücksbringer«, lächelte Sai. »Jeder hat hier einen Talisman. Damit die Wünsche in Erfüllung gehen. Du verstehst?« Sie sah ihn schelmisch an.

Jo musterte die Metallteile. Beide bestanden aus vier gebogenen Ringen, die zusammen zu einer faustgroß gewölbten Kette geschmiedet waren. Er überlegte, ob dies eine Art Werkzeug darstellte, aber er konnte keinen nützlichen Gebrauch in der Form erkennen. Ein Dosenöffner? Er lachte.

Auf der einen Seite hatte der Eisenbügel eine handtellergroße Biegung, an der vier fingergroßen Ringe verschweißt lagen. Jo fasste danach. Das Ding fühlte sich ziemlich schwer an. Sai lächelte, als würde es sich um eine Art Verlobungsgeschenk handeln. Jo schüttelte abrupt den Kopf, als er auf einmal verstand, was dies für Ringe darstellten: Es handelte bei den Geräten um Schlagringe! Man konnte sie über die Finger einer Faust streifen und erhielt so eine gefährliche Panzerung auf dem Handrücken. Wenn man damit zuschlug, traf man nicht mit den Knöcheln, sondern dem scharfen Eisen. Eine schlimme Waffe, die leicht zu verstecken war. Man konnte damit einem Menschen furchtbare Wunden zufügen - oder ihn sogar töten.

Jo schluckte. Die Bewohner der Nachtstadt verblüfften ihn immer wieder. So einen Gegenstand trug also eine Frau wie Sai als Talisman?

15. Bereit zum Kampf

Der erste Boxer stand kampfbereit im Kessel.

»Dieser Zari gefällt dir also?«, fragte Jo verunsichert zu Sai. Etwas zaghaft drückte er sein Bein an das ihre.

»Aber ja«, flüsterte sie. »Ich habe ihn trainieren sehen. Er ist eine Kampfmaschine. Ich habe gesehen, wie er im Training gegen den besten Ringer antreten musste. Er hat ihn gejagt, wie ein Panther seine Beute. Nach drei Stunden hatte er ihn müde gemacht. Zari hält richtig lange durch.« Sie zog Jos Hand auf die Innenseite ihres Oberschenkels.

»Also gewinnt *er* heute Abend?«, fragte Jo und spürte die Hitze zwischen ihren Schenkeln. Sie drückte ihr Becken nach vorne, als wolle sie ihre Sitzposition verbessern und verstärkte damit den Druck seiner Hand zwischen ihren Beinen.

»Oh, ich hoffe doch sehr«, sagte sie und schloss für einen Moment die Augen. Jo wusste nicht genau, ob sie in Gedanken bereits den Kampf der Männer vor sich sah, oder ob ihre Erregung mit seiner Hand zu tun hatte.

»Wir werden sehen«, lächelte sie selig. »Auch das weiße Tor ist heute stark besetzt. Zehn Gegner stehen zur Auswahl. Alle stammen exakt aus der gleichen Klasse. Aus Hunderten von Vorkämpfen werden die perfekten Paarungen ermittelt. Die Gegner müssen absolut gleichwertig sein. Dann entscheidet der kleinste Vorteil über Sieg und Niederlage. Wir werden sehen, wer heute für Weiß ausgelost wird. Es wird spannend. Die Wetten stehen exakt fünfzig zu fünfzig.« Sie seufzte hingebungsvoll. »Ich liebe es, wenn das Spiel auf Messers Schneide steht.«

Jo schüttelte den Kopf. Er war bemüht, sich seine Unsicherheit nicht anmerken zu lassen. Schwitzend ließ er seine Handfläche zwischen ihren Beinen ruhen.

»Nun, dann wollen wir mal hoffen, dass unser Mann aus dem schwarzen Tor seine Sache gut macht«, sagte er etwas unbeholfen, als wolle er sich selbst Mut zureden. Er hatte für sich beschlossen, dem geschmacklosen Gladiatorenkampf, welcher sich in dieser Stadt einer sonderbaren Begeisterung erfreute, das Beste abzugewinnen. Wenn die hübsche Sai derart begeistert an diesem Boxer hing, nun, dann sollte sie ihren Spaß haben. Vielleicht hatte ihr Mann Glück und landete in der ersten Runde einen glücklichen Treffer. Dann wäre es schnell vorbei.

Jeder auf den Tribünen konnte die zunehmende Spannung spüren. Immer zwingender richteten sich die Blicke der Menge auf das zweite, das weiße Tor. Die Metallstäbe leuchteten in silbrigem Glanz.

Zehn Gegner standen also zur Auswahl - das war ein gewisser Unterschied zu den Boxkämpfen, die Jo bisher kannte. In seiner Heimat bekam jeder Boxer eine lange Vorbereitungsphase, in der er sich auf seinen jeweiligen Gegner einstellen konnte. Jo blickte hinab, wo der erste Mann sich in tänzelnden Sprüngen bewegte, als federe er über ein unsichtbares Seil. »Und der andere Mann aus dem weißen Tor, der wird jetzt ausgelost?«, fragte Jo.

Sai lachte und drehte die Augen zur Decke. Immer diese Ungeduld. »Richtig. Es wird der perfekte Gegner ermittelt«, sagte sie dann leise. »Am besten wäre es, die beiden wären exakt gleich stark. Dann könnten sie so lange wie möglich um den Sieg ringen. Am besten wäre es, sie kämpfen die ganze Nacht. Bis irgendwann einem der Fehler unterläuft. Wer dann hellwach ist, auf den Millimeter genau zuschlägt, wird zum Helden für immer.« Sais Wangen begannen zu glühen. Sie hob ihr Glas.

Jo wusste nicht, was er von Sais sonderbarer Begeisterung halten sollte. Die Leute hier nehmen alles viel zu ernst, dachte er und winkte verunsichert den Frauen in der Loge gegenüber zu. Dann merkte er, dass niemand in der großen Halle sein Bemühen um Lockerheit zu teilen bereit war. Im Gegenteil: Jo blickte überall in ernste Gesichter. Am Geländer vor ihm blickte eine Frau in einem lila Kleid zu ihm. Sie schien nervös zu sein und kaute auf ihren Fingernägeln.

Sai starrte voller Faszination auf den ersten Athleten. Er wandte ihm seinen muskulösen Rücken zu. Sai blickte mit glänzenden Augen hinab und drückte Jos Hand fester zwischen ihre Schenkel. Sie stöhnte leise auf und schloss die Augen.

16. Jos Fantasie

Auch Jo versank für einen Moment in seinen Fantasien. Dass Sai ihn ohne Widerstand die warme Innenseite ihrer Schenkel spüren ließ, beflügelte seine Vorstellungskraft auf gewisse Weise. Wie mochte sie wohl weniger bekleidet aussehen? Er spürte die fordernde Hitze, die in ihrem Schoss lag, und schloss die Augen.

Vor seinem inneren Auge sah er, wie Sai in einem Badeanzug auf einer hohen Bank lag. Ihre Haare hingen in feuchten Strähnen hinab und Jo sah in ihr schönes, asiatisches Gesicht. Er hatte eine violette Blume aus einem traditionellen japanischen Strauß gepflückt. Nun strich er die Blüte glatt und hielt sie Sai hin. Er steckte sie behutsam hinter ihr linkes Ohr. Dieser Schmuck verzauberte sie in seinen Augen zu etwas ganz besonderem. Sie sah ihn an. Die Hitze hatte ihre Haut mit glitzernden Schweißperlen befeuchtet. Jo, der eine Stufe unter ihr saß, griff von der Seite nach ihrem Unterschenkel und schob ihr Bein ein wenig nach außen. Dann begann er, sie behutsam zu streicheln. Ihr Haut fühlte sich glatt wie Seide an. Sai schnurrte und wies mit halb geschlossenen Augenlidern auf eine flache, ovale Schale, die auf der Bank unter ihr stand. Darin befand sich eine dunkle Flüssigkeit; eine Art Tusche, und daneben lag ein fingerbreiter Pinsel. Jo nahm ihn und tauchte die Borsten vorsichtig in die Farbe ein. Er bekam ein tiefes Bedürfnis, die Kunst des Schönschreibens, wie sie in Sais Heimat beliebt war, auf ihrem Körper anzuwenden. Er wollte die schönste Kalligrafie direkt auf ihren Körper zeichnen. Ihr Badeanzug sollte seine Leinwand sein.

Jo tauchte den Pinsel behutsam in den kleinen See der Farbe und setzte ihn achtsam auf die Mitte von Sais Bauch. Der Beginn wollte gut gewählt sein. Ungefähr dort, wo sich ihr Bauchnabel befinden musste, setzte er den ersten Punkt. Er ließ den Pinsel sachte einen kleinen Kreis ziehen. Dann folgte er in einer Aufwärtsbewegung ihrem Brustbein, zog die Form ihrer Rippen nach, und achtete dabei auf eine gewisse innere Anteilnahme an dem Flug seiner Hand. Es war nicht willkürlich - die Freiheit, die er sich nahm, folgte einer inneren Notwendigkeit. Sachte folgte er ihren ovalen Knochen, die sich zart unter ihrem hautengen Anzug abzeichneten. Ihr Atem, der ihren Oberkörper in hebende und senkende Bewegungen versetzte, machte ihm seine Arbeit noch interessanter. Er liebte diese Kunst.

Langsam näherte er sich dem unteren Rand ihrer rechten Brust. Er sog neue Farbe in sein Zeichenwerkzeug, tupfte sorgsam auf den gewölbten Untergrund und schwang den Bogen in einer vorsichtigen Kurve aufwärts. Er spürte, wie Sais Brüste den näherkommenden Pinsel erwarteten. Jo zog die Linie erst unter ihrer linken Brust entlang, dann fuhr er senkrecht bis zum Hals hinauf, kreist dort fast ohne jede Berührung über die Oberseite ihrer Brust hinweg. Sie seufzte wie ein Mädchen und Jo, der Künstler, segelte mit dem Pinsel in einem schönen Bogen wieder hinab. Wie eine Schwalbe im Abendwind überflog er die Spitze ihrer Brust, wobei er darauf achtete, sie eigentlich gar nicht zu berühren. Er wollte schließlich ein filigraner Künstler sein. Nur den Hauch einer Berührung wollte er ihr gönnen; nur die *Idee* von einem Kontakt, die mehr gedacht als gespürt werden konnte, sollte es sein. Und dennoch festigten sich die Spitzen ihrer Brüste.

Jetzt konnte er es vielleicht wagen, die tupfenden Liebkosungen, die er mit dem Pinsel anwandte, stärker aufzutragen. Er wollte Sai Erregung weiter festigen. Sai ließ den Kopf in den Nacken fallen und drückte ihren Rücken durch, damit ihr Busen den Kontakt zu dem Pinsel nicht verlor. Sie hob beide Brüste an und schob sie ihm nach, als könne sie die Sucht nach der Berührung nicht bändigen. Jo konzentrierte sich mit halb geschlossenen Augen darauf, das Muster, das er auf ihren Busen malte, in Einklang mit den runden Formen ihres Körpers zu bringen. Er tauchte den Pinsel behutsam in die Tusche und verschönerte anschließend beide Hälften ihres Körpers auf symmetrische Weise. Als ihr Oberkörper vollkommen bemustert war, blickte er ihren Körper hinab. Würde sie die Berührung des streichenden Pinsels auch auf dem Stoff zwischen ihren Beinen erwarten?

Er blickte ihr tief in die Augen, als wolle er sie um Erlaubnis fragen.

»Ja«, flehte sie, »bitte, streichel mich.« Sie rückte ihre Beine ein wenig breiter auseinander, um ihre gesamte Leinwand für eine Bemalung freizugeben.

Jetzt konnte Jo den Pinsel geradlinig abwärts über ihren Bauch sinken lassen und direkt auf die Mitte zwischen ihren Schenkeln zielen. Sie öffnete ihre Beine, während sie voller Hunger nach seiner Berührung einen flehenden Laut ausblies. Damit er die Fläche über ihrer Stelle gut erreichen konnte, drückte sie ihr Becken ein wenig ihm entgegen. Jo zog die Line über ihren Hügel mit liebkosendem Schwung.

»Das ist schön«, flüsterte sie.

Nur widerstrebend ließ Jo die Realität in sein Bewusstsein zurückkommen. Er spürte seine Hand, wie sie in der Hitze zwischen Sais Schenkeln ruhte. Tatsächlich hatte Sai auch in Wirklichkeit ähnlich wie in seinem Traum gewinselt. Vor seinem geistigen Auge setze Jo immer noch die hingebungsvolle Bemusterung von Sais Badeanzug fort und Sai seufzte unter dem bewegungslosen Kontakt, den er ihr in Wirklichkeit mit seiner Hand bereitete.

Wie beiläufig murmelte sie: »Wenn Zari heute gewinnt, gehen wir dann noch gemeinsam Feiern?«

Jo blickte wie durch einen Schleier zu ihr hinüber und ließ seine Hand ruhen. Er hatte noch immer die Augen geschlossen. Gewiss, wenn ihr Favorit gewann, dann würden sie feiern, da war er sich ganz sicher. Sai würde jubeln, und alle könnten sich als Sieger fühlen. Dann könnte er mit ihr in die Stadt gehen. Feiern... Vielleicht zunächst in einer Bar. Dann in ihrem Bett. Er würde die ganze

Nacht mit ihr das tun können, wovon er jetzt nur träumte. In Gedanken küsste er Sai auf die Innenseiten ihrer Oberschenkel. Und anschließend sehr sorgfältig auf die Stelle dazwischen.

17. Donner

Ein boshafter Donner schlug in Jos Eingeweide und riss ihn endgültig zurück in die Realität. Er zuckte zusammen, so heftig hatte der Ausbruch des Lärmes zugeschlagen. Das Dröhnen schien von Tausenden Trommeln zu stammen, die schlagartig und mit bebendem Rhythmus eingesetzt hatten und nun ohne festen Takt ein wütendes Grollen durch die Halle jagten. Ziellos hallte der Lärm durch die Rundung.

»Ja, die Trommeln!«, schrie Sai so laut sie konnte durch den Lärm hindurch. »Die Trommeln kündigen an, dass das Los gefallen ist. Jetzt ist klar, wer in das weiße Tor muss. Die Wahl ist vollendet! Das weiße Tor ist besetzt. Zari hat seinen perfekten Gegner gefunden. Nun wird es ernst!«

Obwohl ihre Worte vom Lärm der Trommeln in kleine Fetzen gerissen wurden, nickte Jo, als habe er verstanden. Der Lärm erfüllte den Raum mit einer alles erstickenden Wucht und zerrieb jeden klaren Gedanken. Auf eine furchterregende Weise schlugen die Pauken tief in Jos Seele.

Wie ein gespanntes Springmesser stand der erste Mann im Zentrum der Arena. Er wirkte, als stände er unter enormem Druck. Starr vor Anspannung starrte er auf das gegenüberliegende Tor und man konnte den Eindruck gewinnen, er wolle mit bloßen Blicken das Blech durchschlagen, das ihn noch von seinem Gegner trennte. Das Warten schien ihn zu quälen, denn Jo bemerkte am leichten Trippeln seiner Füße, dass der Kerl seine Energie nur mühsam bändigen konnte. Offensichtlich hätte er am liebsten sofort losgeschlagen und seinen Gegner, mochte er auch noch so ebenbürtig sein, auf der Stelle in Stücke gerissen. Jetzt demonstrierte er seine Kraft mit ein paar lockeren Schlägen, die er in die Luft schnappen ließ.

Ebenso wie ihr Favorit starrte auch Sai jetzt auf das weiße Tor. Aus ihrem Gesicht war jede Heiterkeit verflogen. Geradezu ehrfurchtsvoll schien sie auf den Auftritt des zweiten Kämpfers zu warten, der sich hinter dem zweiten Tor verbergen musste.

Die Menge jauchzte auf, als sich nach endlosen Sekunden endlich das Tor zu öffnen schien. Jo wurde von der allgemeinen Hysterie angesteckt und reckte den Hals, um hinabsehen und den Herausforderer als Erster erspähen zu können. Der zweite Kerl würde einigen Mut brauchen, da war sich Jo jetzt sehr sicher. Er sah auf den bulligen Zari hinab und schluckte. Der Kerl war gefährlich, keine Frage. Und er würde sich gewiss ohne zu zögern auf seinen Gegner stürzen und ihn zermalmen. Sein Gegner müsste sehr stark sein, wenn er eine Auseinandersetzung mit diesem Kerl überstehen wollte.

Die Schreie der Menge verdichteten sich zu einem vibrierenden Tosen. Jos Augen schmerzten, als er vergeblich versuchte, in der Schwärze hinter den Torflügeln etwas von Zaris Gegner auszumachen. Tatsächlich erkannte er lediglich einen Gang, der hinter dem Portal in eine unbestimmte Dunkelheit führte. Er schien leicht abwärts zu verlaufen, wie eine schräge Rampe. Der zweite Mann kam offenbar aus einer tief angelegten Unterwelt empor... Im Gegensatz zu den glatten Wänden des Innenraumes bröckelten hinter dem Tor scharfkantige Steinbrocken von den Wänden. Unter der Arena musste eine gespenstische Welt aus verzweigten Katakomben liegen, vermutete Jo.

Dann sah er eine Silhouette. Sie schien hell gekleidet zu sein und kam langsam aus dem Dunklen hervor. Jo sah die nackten Füße der Person, die aus einer weißen Hose hervorstachen.

Jo starrte hinab. Die Silhouette kam näher. Ein sonderbar leichtfüßiges Gespenst, dachte er, es schien zu schweben, so gleichförmig schienen seine Bewegungen zu sein. Das Dröhnen der Trommeln wurde durch einen hysterischen Aufschrei des Publikums verstärkt. Jo ließ sein Glas sinken. Er konnte nicht glauben, was er dort sah.

Aus dem weißen Tor kam eine Frau.

18. Jemand seilt sich ab

Die Absätze klapperten eilig die Metallstufen hinab. Sandra Heito, die alle nur Madame nannten, flog mit schnellen Schritten die schmale Wendeltreppe abwärts, als rausche ein Förderkorb in die Schwärze eines Bergwerkes. Immer tiefer führten sie die klirrenden Eisenstufen hinab in jenen Bereich, der sich direkt unter dem Kessel befand. Es war nicht ganz ungefährlich, hier alleine hinabzusteigen, aber Sandra fürchtete sich nicht. Sie war schließlich nicht irgendwer.

Zum Glück waren die Bauarbeiten im letzten Monat endlich fertiggestellt worden, sodass Sandra jetzt über einen bequemen Durchgang zu ihrem Anwesen verfügte. Der Tunnel verband alle wichtigen Orte in ihrem Reich: Vom Salon aus konnte sie unbemerkt hinab durch die Katakomben spazieren und dann unter dem Kessel hindurch bis zu jener Treppe gelangen, die sie hinauf in ihre

Loge brachte. Jetzt schüttelte sie ihre Mähne und war froh, die Ansage im Kessel halbwegs ordentlich hinter sich gebracht zu haben. Was für ein lästiges Schauspiel! Eigentlich war ihr diese Aufgabe längst über Gebühr lästig geworden: Im grellen Scheinwerferlicht zu stehen, die gierige Masse der Leute auf den Rängen zu spüren, die Mordlust in jedem Winkel der Arena zu spüren - all das erfüllte sie mit keiner großen Genugtuung mehr. Als sie es vor fünf Jahren zum ersten Mal erlebt hatte, stellte dies noch eine elektrisierende Erfahrung dar, die ihre Seele tief bewegt hatte. Aber das war lange her. Heute hätte sie die Zeit lieber anders genutzt. Am Schreibtisch arbeiten, die Papiere durchsehen, oder die Lieferung Ware aus dem Norden kontrollieren. Sich um die Geschäfte zu kümmern, wäre jetzt wichtiger gewesen, anstatt die Primadonna im Zirkus zu spielen. Doch es half nichts: Die Ansage im Tempel der Lichter galt als oberste Staatspflicht, eine Tradition, die einzig der ersten Familie des Landes vorbehalten war. Also eröffnete Sandra Castiglione Heito pflichtgemäß den Höhepunkt der Saison, genau so, wie man es von ihr und ihrem Stand erwartete.

Anschließend aber - und dafür hatte sie lange gearbeitet - seilte sie sich heimlich in die Tiefe ab! Nur zu diesem Zweck hatte sie auf den Boden ihrer Loge jene Klappe einbauen lassen, durch die man eine schmale Treppe hinab steigen konnte. Oben wurde an Sandras Stelle Fanny eingeschleust. Der tat ein bisschen Abwechslung auch mal ganz gut, fand zumindest Sandra. Nach den Wochen, die Fanny in ihrer Hütte mit minimalistischer Musik und der Beobachtung von Schneehühnern vertrödelt hatte, sollte sie sich ruhig einmal die Kultur der Großstadt ansehen, hatte Sandra beschlossen und angeordnet, dass Fanny an ihrer Stelle das Spektakel abnicken sollte. Vielleicht würde das ihre Jammermiene ein wenig straffen. Auch die rote Perücke stand Fanny ganz entzückend.

Sandra liebte diesen Moment, an dem sie einfach von der Bildfläche abtauchen konnte. Gerne hätte sie solche Klappen an sämtlichen Orten einbauen lassen, wo lästige Pflichten auf sie warteten. Es war ein großer Vorteil in ihrer Position, wenn sie sich unauffällig ein Bild von der Lage unter dem Kessel machen konnte, ohne dass der Rest von ihrer Truppe davon etwas mitbekam. Sandra traute ihren Leuten nämlich nicht. Sie hatte gute Gründe, an der Ehrlichkeit ihrer Damen zu zweifeln und so wollte sie alles über jeden und jede in Erfahrung bringen. Sie ertrug es nicht, wenn jemand Geheimnisse vor ihr pflegte. Außerdem stellte die Aufsicht über die Gefangenen eine viel zu wichtige Angelegenheit dar, die man am besten persönlich kontrollierte, wenn niemand damit rechnete.

Während Sandra durch die dunklen Gänge, in denen die Flammen der Fackeln an ihr vorbei wehten, stöckelte, dachte sie an die Entwicklung der Katakomben zurück. Zwar besaß Kujai eine gewisse Tradition in Gladiatorenkämpfen, doch nach dem Krieg hatte man viel zu nachlässig an die große Zeit der Schaukämpfe angeknüpft. Heute musste noch einiges verbessert werden - und Sandra hatte auch bereits ein paar interessante Ideen. Ihre Vorfahren hatten vermutlich noch die traditionelle Form gekannt, im alten Forum, wo mit allerlei rostigen Klingen, Netzen und Metallschilden gekämpft wurde. Auf gewisse Weise war dies auch sehr hübsch anzusehen gewesen, fand Sandra, doch die Regierung hatte immer wieder auf eine Modernisierung gedrungen. Viele Neuerungen wurden geprüft: bessere Waffen, schärfere Waffen. Dann wieder stumpfere Waffen. Es sollte eine gewisse Dauer der Spiele erreicht werden. Man wollte vor allem den Charakter eines Sportfestes nicht gänzlich verlieren. Das Erlernen von geeigneten Kampftechniken sollte den Gladiatoren schließlich als sinnvoller Lebensinhalt erscheinen. Immerhin musste die Hoffnung auf einen glanzvollen Sieg sie über Monate ernähren.

Aber noch war vieles in der Ausbildung nicht auf dem Niveau angelangt, das sich Madame wünschte. Das größte Problem stellte die Qualität vieler Kämpfer dar. Man fand nicht genügend Kandidaten unter den Verurteilten, die den nötigen Mumm mitbrachten - oder die in der Lage waren, einen Kampf auf Leben und Tod überhaupt anzunehmen. Es herrschte seit Jahren ein Mangel an Sportlern von dieser Sorte. Manche der Gefangenen brachten sich sogar vor ihrem Einsatz in der Zelle selbst um. Sandra drehte die Augen zur Decke. Andere weigerten sich schlichtweg, in der Arena zu kämpfen. Diese wurden dann lustlos eliminiert - ein höchst unbefriedigender Vorgang für alle Beteiligten. Sandra schüttelte für sich den Kopf. So etwas war doch kein Sport.

Sie überlegte auch, ob sie mit Anoje wirklich die richtige Wahl getroffen hatte. Die Rekrutierung verlief tatsächlich unter jedem Niveau. Die Kleine hatte ja niedliche Momente, dachte sie, aber - nun ja. Sandra seufzte. Neuerdings erkundete das Blümchen wohl sogar die Außenbezirke! Musste man sich mal vorstellen. Sandra wusste nicht, ob sie lachen oder weinen sollte. Die Kleine war auf die saublöde Idee gekommen, dort draußen nach Kandidaten zu suchen. Gute Güte.

Sandra fühlte, wie eine Mischung aus Zorn und Belustigung sie ergriff. Naiv, wie das Blümchen war, glaubte sie wohl, Sandra wisse von diesen Ausflügen nichts. Ei jei jei. Das wäre natürlich ein weiteres Indiz dafür gewesen, dass die Kleine noch nicht ganz auf dem richtigen Level angekommen war. Wer nicht schnallte, dass Madame überall ihre Augen postiert hatte, der sollte besser auf einer anderen Weide angebunden werden. Sandras Leute bespitzelten sich permanent untereinander und reichten jede verfügbare Information an sie weiter. Letzten Monat hatte man Anoje gesehen, wie sie in eine ganz und gar scheußliche Automationsfabrik gefahren ist. Dort hat sie rumgeschnüffelt. Ob sie da ordentlichen Nachschub finden würde? Vielleicht legte sie da Broschüren als Werbematerial aus? Sandra lachte. Ein Witz. Und wie wollte sie die neuen Kämpfer eigentlich nach Kujai bekommen? »Herzlich willkommen Herr Blödmann, wir möchten sie einladen, den Rest ihres Lebens im Untergeschoss vom Hotel Heito zu verbringen. Anreise: sofort. Abreise: nur bei guter Führung.« Sandra kicherte. Keiner der Halbaffen von draußen sollte überhaupt den Weg in die Nachtstadt kennen. Nur ein Irrer würde die Strecke zu Fuß schaffen.

Sandra machte sich Sorgen. Hoffentlich war die Kleine nicht komplett verrückt geworden. Wie sie so da gestanden hatte: in ihrem Billigkostüm auf den wackeligen Absätzen. Und ihre Kulleraugen wurden immer größer. Womöglich hatte Susan ihr doch zu viel Angst eingejagt. Vielleicht war jetzt endgültig eine Sicherung bei der Kleinen durchgebrannt.

Zu viele Wattebäuschen hatte die Kleine wirklich nicht verdient. Wer meinte, sich als Mondkalb bei Madame durchmogeln zu können, der war sowieso schiefgewickelt. Außerdem zog Sandra dem Blümchen jene Art vor, mit der Susan zu Werke ging. Die grübelte nicht, sondern wurde aktiv. Su verkörperte genau den richtigen Ansatz: kühl und mit Übersicht. Effektiv. Auf dieses Niveau müssten noch viele andere aus ihrer Truppe kommen. Bei Su stimmte die Balance aus Körper und Geist. Sandra dachte daran, wie sie Su neulich im Schwimmbad gesehen hatte: Ein Körperbau, wie eine Kampfschwimmerin. Die Gute befand sich zweifellos in der Form ihres Lebens.

Dass der gesamte Tempel vor vielen Jahren auf einer ehemaligen Bergbau-Grube errichtet wurde, wusste heute fast niemand mehr.

Über viele Jahre hatte an der Stelle ein offener See gelegen, der dann von der Tempelarchitektur bebaut und überwölbt wurde. Zur Gänze war der See in all den Jahren aber nie verschwunden. Er hatte still, glatt und unbekannt unter dem Tiefgeschoss gelegen - bis Sandra ihn eines Tages entdeckte. Sie ließ in den folgenden Jahren die Ränder mit sauberen Stegen umranden und erweiterte die Wege um ihn herum zu weiten Umläufen mit gummierten Laufbahnen. Eine ganze Sportanlage hatte sie auf diese Weise geschaffen. Viele Gladiatoren hatten das Angebot jedoch nicht nutzen wollen - vielleicht fürchteten sie gefährliche Raubfische oder Wasserschlangen in der Tiefe... Sandra schmunzelte. Es war unglaublich, was für Feiglinge sie unter den Kerlen beherbergte.

Von ihren eigenen Leuten trainierte nur Su dort unten regelmäßig. Sie war völlig furchtlos und tauchte nachts alleine metertief durch das ölfarbene Wasser. Sie schien sich eine Art von Triathlon zuzumuten: Schwimmen, Laufen und Krafttraining. Sandra hatte sie mehrmals beobachtet, wie sie in ihrem Schwimmanzug ins Wasser gesprungen und stundenlang durch den See geschwommen war. Sie zog ihre Bahnen in einem athletischen Stil, der zeigte, wie ernsthaft sie ihren Schwimmsport betrieb. Nach über einer Stunde im Wasser, ging sie an Land, trocknete ihren imposanten Körper fahrig ab und zog sich Laufschuhe mit dicken Sohlen über die Füße. Dann begann sie, in einem weiten Bogen über die Laufbahn zu traben. Sie konnte endlos laufen. Sandra bewunderte die Disziplin, mit der Su sich stählte.

Den letzten Teil ihres Trainings bestritt Su in einer der vielen Kammern, die zwischen den Zellen der Männer lagen. Sandra hatte nie herausgefunden, was genau Su dort trieb. Gewichte und Trainingsgeräte gab es jede Menge dort, auch Flächen für Boden- und Geräteturnen hatte Sandra anlegen lassen. In den kleineren Kammern wurden Gewichte und Bodenmatten gelagert und manchmal hatte Sandra den Verdacht, Su würde sich dort heimlich mit einem der Gladiatoren treffen. Das sähe ihr ähnlich. Schenkeltraining der vergnüglichen Art. Sandra pfiff verächtlich. Es wäre für Susan ein Leichtes gewesen, sich einen Kerl aus den Zellen nach ihrem Geschmack auszusuchen und sich dann von ihm irgendwo auf einem Prellbock durchnehmen zu lassen...

Sandra spürte eine Art grünes Gefühl in sich aufkommen. Sie hatte mehrmals bemerkt, dass Su auf ihrem Weg zum Schwimmbecken gerne einen Umweg nahm, der sie an den Zellen der Männer vorbeiführte. Der lange Gang war gesäumt von Kammern, die mit dünnen Stäben vergittert waren. So gab es freie Einsicht in die Verschläge. Su spazierte gerne und aufreizend langsam in ihrem hautengen Badeanzug hindurch und frottierte sich dabei die blonden Strähnen, als wüsste sie nicht, dass ein Dutzend Männeraugen auf ihren Körper zielten. Die Männer waren meistens völlig still, kaum einer traute sich, etwas zu rufen. Die meisten waren nach den Monaten in Gefangenschaft von Erschöpfung und Angst ein wenig kleinlaut geworden. Und wenn Su ihren perfekten Körper vorführte, dann wirkte dieser äußerst knapp bekleidete Parademarsch wie eine überirdische Erscheinung auf die Kerle.

Wenn so etwas für die Motivation der Gladiatoren hilfreich war, dann wäre Sandra mit solchen Aktionen sogar einverstanden gewesen. Aber genauer überprüfen wollte sie solche Aktivitäten dennoch. Ob ausgerechnet heute eine von ihren Frauen sich hier unten um den Aufbau der männlichen Widerstandskraft kümmerte?

Vielleicht war dies der eigentliche Grund gewesen, warum Sandra das Verlangen gespürt hatte, heute noch die Unterwelt zu inspizieren. Genau an diesem Abend, wo eigentlich ganz Kujai oben im Tempel sein sollte, könnte sie in Ruhe ihr Reich untersuchen.

19. Barfuß

Die Lichter brannten unbarmherzig in den Kessel hinab. Schwitzend suchte Jo nach Fassung. Er starrte auf die Frau, die aus dem weißen Tor in den Kessel geschritten war.

»Was ist... das?«

Er rang nach Worten. Gebannt blickte er auf die Frau hinab, die mit einer geheimnisvollen Langsamkeit einen Fuß vor den anderen setzte. Sie trug einen schneeweißen Anzug, der von einem schwarzen Gürtel um die Hüften geschnürt war. Ihre Hände und Füße ragten aus dem faltigen Stoff heraus. Sie ging barfuß. Ihre schwarzen Haare hatte sie zu einem glatten Zopf straff nach hinten gebunden. Groß und schlank war sie und ihre Schritte, die sie furchtlos voran führten, strahlten die gleitende Geschmeidigkeit einer Tänzerin aus. Eine Katze dachte Jo bei ihrem Anblick, eine Tigerin. Sie schritt geschmeidig in die Mitte der Arena. Jo wusste: Diese Dame kam nicht zum Tanzen.

»Oh«, flüsterte Sai. Jo hörte mit Überraschung, dass sich ein deutlicher Klang von Furcht in ihre Stimme geschlichen hatte. »Das ist Waild.« Ihr Respekt vor der Frau war unüberhörbar. »Sie ist eine der Zehn Besten aus dem weißen Lager.«

Jo traute seinen Augen nicht. Blinzelnd blickte er zu der Frau, die sich nun direkt auf den Mittelpunkt der Arena zubewegte. Sie ging zielstrebig dem Mann entgegen. Jede ihrer Bewegungen bekräftigte ihre Entschlossenheit. Sie würde sich dem Bullen stellen. Sie nahm die Konfrontation an.

Der Rhythmus der Trommeln wurde schneller.

»Eine *Frau* muss kämpfen?« Jos Stimme stockte. Er konnte nicht fassen, was er dort unten sah. Niemals wäre so etwas in seiner Heimat möglich gewesen. Er blickte auf die schlanke, weibliche Gestalt. Ihre nackten Füße glitten unbeirrt über den Boden. Völlig furchtlos. Immer näher kam sie dem Mann. Der schwarze Gürtel ihres Anzuges thronte mit einem festgezurrten Knoten in der Mitte ihres Körpers. Sie schien gut präpariert zu sein. Gewiss war sie etwas schlanker als der Mann, aber nicht kleiner.

Während Jo die Frau musterte, fragte er sich, ob sie keine Furcht verspürte. Vor einem so großen Publikum ganz alleine zu stehen, nur mit diesem Anzug bekleidet, ohne Schuhe und ohne jeden Schutz, und vor sich einen muskelbepackten Schlägertypen zu erwarten - das erschien ihm sehr beunruhigend. Sie war alleine. Und vor ihr wartete ein männlicher Kämpfer, der signalisierte, dass er jeden zerstören wollte, der in seine Nähe kam. Jo spürte, wie er nervös wurde. Schweißperlen bildeten sich auf seiner Stirn. Er blickte um sich. Die Gesichter der Frauen in den Logen neben ihm starrten ausdruckslos hinab.

»Ganz ruhig Zari, du packst die Lady«, zischte Sai neben ihm.

Jo schüttelte den Kopf. Ungläubig blickte er zu ihr. »Der Kämpfer aus dem weißen Tor ist wirklich diese Frau?«, fragte er noch einmal.

»Aber natürlich ist es eine Frau«, stellte Sai mit Nachdruck fest. »Im Kessel kämpft immer eine Frau gegen einen Mann. Wie soll es anders sein? Nur die Beste darf zeigen, was sie kann. So muss es sein.«

Jo schwieg. Er ließ die Hand suchend über den Tisch gleiten, ohne dabei den Blick von der Arena abzuwenden. Er brauchte jetzt noch einen Schluck. Aber er wagte es nicht, nur eine Sekunde in eine andere Richtung zu blicken, als hinab in die Rundung, wo das Schauspiel stattfinden sollte.

Neben sich hörte Jo die dünne Stimme von Sai, die sich in ein beschwörendes Wispern verwandelt hatte. »Schwarz gegen Weiß.

Mann gegen Frau. Kraft gegen Technik...« Sie stieß die Worte hervor, als gelte es, ein unumstößliches Gesetz zu bekräftigen. »Das ist der Kampf der Gegensätze. Beide Teile sind absolut gleichwertig, auf ihre Art. Sie werden gegeneinander gestellt, bis die Entscheidung fällt. Ich habe es dir doch gesagt.«

Nun konnte Jo das Gesicht der Kämpferin erkennen. Ihre Lippen waren rot geschminkt, die Haut gebräunt und ihre Augen und Augenbrauen tiefschwarz. Ein wenig hohl wölbten sich ihre Wangen, und die schmale Nase verlieh ihrem Gesicht einen geraden, stechenden Schnitt. Ihre Haltung war voller Selbstbewusstsein. Jo hörte die Scheinwerfer über sich knacken.

Der faltige Stoff ihres Kampfanzuges legte sich in groben Falten um ihren schlanken Körper und Jo sah mit einer beklemmten Faszination, wie selbstsicher die Frau nun in langsamen Schritten in die Mitte ging. Er musterte jeden Zentimeter ihres Körpers, beginnend an den nackten Füßen, die am unteren Ende ihrer weißen Hose hervorstachen, bis hinauf zu ihren schwarzen Haaren. Ihr Zopf war straff gebunden und ließ ihre Haare wie eine glatte Haube ihren Kopf umspannen. Federnd schritt sie voran. Sie schien völlig furchtlos zu sein. Ihr Blick fixierte den muskulösen Mann, der sich über zwanzig Meter von ihr entfernt befand. Sie ging entschlossen auf ihn zu. Sie wollte sich ihm stellen.

Langsam setzte sie Schritt vor Schritt. Jo konnte nun direkt in ihr Gesicht sehen. Ihre Augenbrauen wölbten sich wie scharf gestrichene Sicheln über den schwarzen Augen. Eine unheimliche Dunkelheit ruhte in ihrem Blick. Etwas geradezu Diabolisches ging von ihr aus. Es gab keinen Anflug von Milde. Eine entschlossene und kriegerische Kälte ruhte in ihrem Gesicht. Gemächlich ließ sie den Atem ausstoßen. Ihr Blick wurde ernst und hart.

Mit einer fahrigen Bewegung suchte Jo sein Glas. Er fand es auf dem Tisch neben sich, griff hastig zu und führte es zum Mund. Er brauchte dringend eine Erfrischung. Schnell wischte er sich die Stirn, danach die Lippen mit der freien Hand. Von dem Geschmack spürte er nichts, wie Wasser spülte er das Getränk hinunter. Er blickte schluckend zu der Frau in der Arena. Sie hatte sich direkt in seiner Sichtlinie aufgebaut und verharrte regungslos. Jo konnte das Weiße in ihren Augen sehen. In ihrem Blick lag eine eisige Entschlossenheit, die Jo selbst aus der Entfernung spüren konnte. Zum ersten Mal in seinem Leben blickte er in das Gesicht einer Frau, die all ihren Willen in einen Nahkampf gelegt hatte. Noch nie hatte er einen solchen reinen Willen zum Kampf gesehen wie bei dieser Frau. Sie wollte mit ihrem Blick den Mann brechen. Jo blickte unsicher zu seiner Nachbarin.

»Aber, sie hat doch keine Chance gegen ihn«, stammelte Jo. »Sie ist doch nur eine Frau...«

Sai setzte sich jetzt mit einem Ruck seitlich, sodass sie Jo direkt ansehen konnte. »Hör mal Jo, was sagst du denn da? Willst du die Regeln des Tempels anzweifeln? Sie wäre *nur* eine Frau... Das ist doch lächerlich. Warte ab, sie ist absolut gleichwertig. Oder, was meinst du? Würdest du mit Zari tauschen wollen?«

Jo wich ihrem Blick aus. Er sah hinab. Nein, er wollte jetzt nicht in der Haut von diesem Zari stecken. Und doch zögerte er, sich seine aufsteigende Angst anmerken zu lassen. Er spürte, dass Sai ihn mit einem skeptischen Blick durchbohrte. Es schien sie zu ärgern, dass Jo die Gleichwertigkeit der Kämpfer infrage gestellt hatte. Und gleichzeitig musterte sie ihn auf eine ungewöhnliche Weise. Prüfend.

»Das ist Waild«, sagte sie. »Sie ist eine der zehn besten Vollkontakt-Kämpferinnen in Kujai... Sie trainiert alles, was hart macht: vor allem Karate in seiner kompromisslosesten Form.«

Jo war wie hypnotisiert. Sie Furcht nahm zu und er konnte seinen Blick nicht aus dem Kessel abwenden. Unvorstellbar, dass diese Frau tatsächlich gegen den Mann kämpfen wollte.

»Sie ist gefährlich«, fuhr Sai fort. »Karate ist eine sehr feminine Sportart. Ideal für Frauen, die in den Kessel müssen. Zari wird besonders auf ihre Füße aufpassen müssen. Sie tritt schnell und extrem hart.«

Jo schwieg. Er griff zur Flasche und schenkte sich nach. Der Lärm der Trommeln schwoll weiter an, während der Schaum über sein Glas lief. In seiner Magengrube bildete sich ein drückendes Loch, als habe er einen Ballon voll schwarzer Luft verschluckt.

»Hoffentlich kriegt er sie unter Kontrolle. Am Besten, er trifft sie mit einem direkten Faustschlag«, hörte er Sai zischen.

Jo hatte Mühe, den infernalischen Rhythmus der Trommeln zu übertönen, und außerdem fand er nicht die richtigen Worte, das auszudrücken, was ihn quälte und seine Seele in einen Schraubstock zu zwängen schien. So rief er schließlich gepresst: »Aber sie ist nur eine Frau. Sie hat doch überhaupt keine Chance!«

Sai zog die Stirn in Falten. »Keine Chance? Nur eine Frau? Aber, Jo, hör mal, das ist doch Unsinn. Sie ist im Besitz von sämtlichen Möglichkeiten. Sie kann genauso wie der Mann ihren Körper einsetzen. Sie hat mit ihren Beinen die größere Reichweite. Und sie hat mehr Erfahrung. Zari ist noch jung.«

Ungläubig blickt Jo zu Sai, dann wieder zu der Frau auf der Kampffläche. Ihr gegenüber, in einem Abstand von vielen Metern, fixierte der Schwarze seine Gegnerin. Mit ruckartigen Bewegungen ließ er den Kopf auf die Seiten der Schultern fallen.

Jo versuchte, das Schauspiel einzuordnen. Vielleicht hatte er etwas falsch verstanden. Vielleicht würde es eine Art rituellen Tanz geben, einen symbolischen Konflikt. Sein Blick glitt über den Rücken des Boxers. Er wandte sich zu Sai: »Und er wird versuchen, die Frau wirklich zu schlagen?«

Sai lachte jetzt. »Aber selbstverständlich, mein Bester. Natürlich wird er das versuchen. Das ist doch der Sinn in einem Kampf. Jeder will siegen. Und ich sage dir: Zari wird hart zuschlagen. Zögert er auch nur den Bruchteil einer Sekunde, kann das seine Niederlage bedeuten.«

Jo atmete tief durch. Jetzt gingen beide Kämpfer zur Ringmitte. Sai hatte ihr sorgenvolles Stirnrunzeln beiseite gewischt und zischte in höchster Anspannung. »Es geht los.«

20. Am See

Sandra erreichte den See und schlenderte über die Planken des Stegs. Von der Decke hörte sie den Lärm des Kessels, der jetzt zu einem dröhnenden Grollen angeschwollen war. Jetzt wurde es dort oben ernst. Dass Anoje es geschafft hatte, diesen Zari in den Kessel zu locken, war eine ulkige Idee, fand Sandra. Eigentlich hatte der Kerl der Kleinen einfach nur ordentlich Angst machen sollen. Es wäre vielleicht der letzte Spaß in seinem erbärmlichen Leben gewesen, den sie ihm spendiert hatte. Dass Anoje es geschafft hatte, ihn in den Kessel zu schicken, war ein interessanter Einfall gewesen. Manchmal war das Blümchen ja wirklich für Überraschungen gut. Ob der Kerl überhaupt wusste, was ihn im Kessel erwarten würde?

Trotzdem war es wichtig, dachte Sandra, dass Susan ein Auge auf Anoje halten würde. Sie sollte aufpassen, dass die Kleine keinen weiteren Unsinn anstellen würde. Irgendwo im Publikum würde sie in ihrem lila Streberkostüm herumschleichen und beobachten, ob dieser Idiot aus der Fabrik tatsächlich zu seiner Küchenbekanntschaft angewetzt gekommen ist. Das war wohl Anojes Plan: einen verliebten Hornochsen hinter einer Lady aus der Kantine herhecheln zu lassen. Am Ende würde Anoje die Rekrutierung bestimmt vermasseln, fürchtete Sandra. Sie sah es schon vor sich: Das Blümchen ging irgendwo Vanille-Eis essen, während die beiden Turteltauben abzwitscherten. Es war besser, wenn Susan sich um die Sache kümmerte.

Mit leichten Mädchenschritten hüpfte Sandra über die gummierte Bahn. Drüben, auf der anderen Seite des Steges, lagen die Zellen der Männer. Sandra wollte zu gerne überprüfen, ob auch dort alles seine Ordnung hatte. Sie ging schnell aber leise.

Die Mauern waren hier unverputzt, überall ragten scharfe Scherben heraus und konnten leicht Kratzer verursachen, wenn man ihnen zu nahe kam. Nach dem Krieg hatte man die Trümmer aus allen möglichen Materialien in den Mörtel gerührt und wahllos zusammen gemauert. Es wurde jeder Schutt verbaut, der irgendwie stabil erschien. Also bestanden die Wände nicht nur aus Steinen, sondern auch aus Drahtgittern, Eisenstangen, Presspappe und vielem anderen Müll. Den Tempel oben hatte man noch mit halbwegs glatten Oberflächen hinbekommen, aber mit jedem Schritt unter die Anlage konnte man die Ruinen sehen, aus denen der Tempel eigentlich bestand.

Die Gänge, die sich vor ihr in die Dunkelheit erstreckten, wurden nur noch von wenigen Fackeln beleuchtet. Stickig war die Luft hier unten und machte das Atmen schwer. Was für eine Befreiung musste es doch für jeden Gefangenen bedeuten, wenn er irgendwann als Gladiator aus diesem Gewölbe herauskam - und in die helle und frische Arena eintreten durfte. Sandra fand, dass dies ein aufregendes Kontrastprogramm für ihre Gäste darstellen musste. Und jeder, den sie hier unten rausholte, müsste ihr eigentlich dankbar sein.

Sie ging weiter und horchte auf die knackenden Geräusche um sie herum. Oben lief alles nach Plan - aber was war unterdessen in den Kammern los? Höchste Zeit, sich mit eigenen Augen ein Bild zu machen.

21. Drei Phasen

Sai rief atemlos Erklärungen zu Jo, während die beiden sich über das Geländer der Brüstung beugten. »Der Kampf wird drei Phasen haben«, sagte sie aufgeregt, »aber am Ende wird es nur einen Sieger geben. Die erste Phase nennen wir das Duell der Augen. Die Kämpfer müssen sich gegenüberstehen, solange die Trommeln zu hören sind. Ihr Klang zeigt den absoluten Stillstand an. Niemand weiß, wie lange dies dauern wird. Jede Bewegung ist verboten, solange die Trommeln schlagen. Ganz Kujai steht in diesem Moment still. Niemand darf sich bewegen, bis die Stille einsetzt. Und wenn der Trommelklang über mehrere Tage andauern sollte, dann steht für diese Tage alles still. Dies ist das Gesetz!« Ihre Stimme klang sanft und Jo hörte gebannt zu.

»Dabei wird die mentale Stärke beider Kämpfer auf die Probe gestellt. Ein guter Kämpfer wird in den Augen seines Gegners lesen können, wie in einem Buch. Und er wird darin jenes Kapitel entdecken, in dem seine Schwäche verraten wird. Meistens schafft es der Sieger bereits in der ersten Runde, seinen Gegner mit dem Blick zu brechen. Man muss seinem Gegner durch die Augen signalisieren, dass man ihn richtig fertigmacht.«

In der Mitte der Arena gingen die Kontrahenten behutsam aufeinander zu. Als herrsche eine magnetische Abstoßungskraft, näherten sie sich zögernd, bis sie am Ende schließlich in der Mitte angelangt waren. Jo sah über die Entfernung, dass sich auf dem Boden vier Markierungen befanden, die in einem quadratischen Viereck um den Mittelpunkt angeordnet waren. Er begriff sofort: Jeder der vier Punkte war für einen Fuß der Kämpfer bestimmt.

»Ganz ruhig«, murmelte Sai. Jo ahnte, dass es in diesem Moment nicht selbstverständlich sein würde, dass sich die Kontrahenten tatsächlich an die Regeln halten würden. Wie zur Beschwichtigung hob Sai ihre Hände ein wenig in die Höhe, als gelte es, einen zerbrechlichen Gegenstand zu balancieren. Sie flüsterte: »Wenn beide in Position gehen, dann erklären sie sich einverstanden mit den Regeln. Das ist sehr wichtig. Da! Sieh!« Ein Lächeln huschte über ihr Gesicht.

Sachte setzte erst der Mann den linken, dann den rechten Fuß auf seine Position. Ein leises Stöhnen ging durch das Publikum. Erleichterung, Vorfreude und Anspannung schienen sich gleichermaßen zu mischen. Kein wilder Kampf würde ausbrechen. Der Mann stand mit ungeschützter Körperfront vor der Frau. Für einen kurzen Moment musterte sie ihn, dann trat auch sie den letzten Schritt ihm entgegen und setzte ihre Füße auf die freien Markierungen. Die Karatefrau verneigte sich nicht, sondern blickte ihm aus schmalen Augen ins Gesicht. Mit leicht gegrätschten Beinen stand sie vor ihm. Es mochten ungefähr zwei Meter sein, schätzte Jo, die die beiden trennten. Phase Eins des Kampfes hatte begonnen. Ihre Augen würden miteinander kämpfen.

Jo fuhr sich durch die Haare, während er das bewegungslose Paar beobachtete. Sai schien seine aufsteigende Anspannung zu spüren und flüsterte: »Keine Angst. Zari schafft das...«

Jo runzelte die Stirn. Offenbar schien Sai anzunehmen, er mache sich Sorgen um den *männlichen* Kämpfer. Wie kam sie darauf? Er schüttelte unwillkürlich den Kopf, während Sai mit eindringlicher Stimme ihn zu beruhigen versuchte. »Zari hat ein intensives mentales Training hinter sich. Er wird keine Sekunde zögern, alle Techniken einzusetzen. Wenn er die Lücke in ihrer Deckung findet, wird er zuschlagen.« Obwohl Sai bemüht war, ihre Stimme so leise wie möglich zu halten, zitterte sie jetzt. »Alle Kämpfer werden in den Katakomben gedrillt. Jeder lernt, die verwundbaren Zonen anzugreifen, ganz gleich, ob er gegen einen Mann oder eine Frau antreten muss: Hals, Solarplexus, alles. Zari gehörte zu einer Einheit von

Kämpfern, die speziell für den Einsatz gegen Frauen ausgebildet wurden. Er weiß, was ihn erwartet.«

Jo schwieg. Sais Worte erschienen ihm immer unwirklicher, je länger er ihnen lauschte.

»Der Kampf beginnt exakt in dem Augenblick, in dem die Trommeln schweigen«, zischte sie. »Dann zeigt sich sofort die Strategie der Kämpfer, die sie sich im Blickduell zurechtgelegt haben. Angriff oder Verteidigung. Voran oder zurück Springen. Man kann alles auf den ersten Schlag setzen. Besonders die Frauen versuchen oft eine Blitzattacke.« Sie klopfte ihm aufgeregt auf das Knie. »Ich habe schon erlebt, wie eine Frau ihren Gegner in der ersten Sekunde erledigt hat. Fauststoß in den Kehlkopf. Der Kerl war unerfahren und naiv. Er wusste nicht, was Karate bedeuten kann. Der Kerl war erledigt, noch bevor er es kapiert hatte.«

Es war nicht leicht für Jo, Sais Erläuterungen zu folgen. Aufgeregt wippte sie am Geländer und blinzelte mit zunehmender Spannung hinab. Es schien, als wollte sie jede kommende Bewegung vorausahnen. Vor ihrem inneren Auge sah sie vermutlich bereits jede denkbare Attacke, jeden möglichen Schlag kommen.

Die Trommeln dröhnten in walzenden Rhythmen. Die Zeit stand still. Mehrmals überkam Jo das Gefühl, der ohrenerschütternde Lärm könnte abreißen und die Kämpfer würden aus ihren Positionen springen. Aber es war stets nur eine Art von Halluzination, die ihm die weiße Fläche bereitete. Seine Nerven schienen mit jeder Sekunde, in der die Trommeln weiterlärmten, dünner zu werden. Jetzt meinte er, eine zuckende Anspannung in den Muskeln des Mannes ausmachen zu können. Er wollte signalisieren, dass er als Erster zur Attacke ansetzen wollte. Vielleicht eine Finte? Immer wieder ließ er, ohne seine Füße vom Boden zu bewegen, seine Körper in eine Anspannung fallen, als könne er zu einem Sprung oder einem kurzen Schlag ausholen. Demonstrationen seiner Angriffslust. Die Frau dagegen schien in einer völlig unbeweglichen Konzentration zu ruhen, die nur mit kühlem Blick ihren Gegner musterte. Ihr Blick war ungebrochen. Und der Lärm hielt an.

22. Kontrolle ist besser

Aus dem See schlich sich ein leiser Dampf, der träge über die Oberfläche verhüllte. Sandra schwitzte. Feucht und warm drückte die Luft, als befände man sich direkt unter einem Vulkan. Sandra war still den weiten Steg entlang gegangen, der sich in einem Bogen um das Wasser zog. Jetzt erreichte sie die andere Seite, wo die Laufbahn eine größere Fläche bildete. Dahinter lagen die Zellen für die Gladiatoren.

Obwohl Sandra die Gänge ziemlich gut kannte, fragte sie sich jetzt, ob es nicht doch zu gefährlich war, den Ausflug alleine zu unternehmen. Sie hätte Susan oder wenigstens Amy oder Flavia mitnehmen sollen, schließlich konnte man nie sicher sein, ob nicht einer der Gladiatoren seinen Käfig irgendwie aufbekommen hatte und durch die Gänge streunte. Auf solch eine Begegnung war Sandra überhaupt nicht erpicht.

Sie hielt inne. Für einen Moment überlegte sie, ob man daraus nicht sogar eine Attraktion hätte machen können. Sie brauchten dringend neue Idee, um die Spiele aufzufrischen. Wieso nicht ein bisschen Suchen und Finden spielen lassen? Die schwächsten Gladiatoren hätte man freilassen können, man würde sie eh nicht für den Kessel gebrauchen. Wer im Training einen Vorkampf verloren hatte, dem hätte man einen Schlüssel für seine Zelle schenken können. Als Trostpreis. Sandra musste grinsen, als sie sich vorstellte, wie verblüfft die Versager sein würden: Dafür, dass sie in der Auswahl versagt hatten, schenkte man ihnen - die Freiheit? Oder zumindest einen Schlüssel, den sie nach eigenem Ermessen benutzen konnten. Wenn sie wollten. Das wäre eine hübsche Phase der Grübelei geworden, fand Sandra, und lachte innerlich. Mit dem Schlüssel hätte der Beschenkte nachts den Ausbruch wagen können. Allerdings hätte Sandra nur Schlüssel von jenen Türen herausgegeben, die zur Hinterseite führten. Dort gab es ebenfalls ein Labyrinth aus Gängen, die in Kammern führten, die Sandra aus ihrem Wohnzimmer von oben einsehen konnte. Von dort konnte sie den Bereich für die Tiger beobachten. Das würde ein packendes Spiel geben, wenn die Aussortierten ihre neue Freiheit erkunden könnten. Sandra grinste.

Sie ging den großen Korridor entlang, der an den Zellen der Gladiatoren vorbei führte. Es waren nicht mehr viele erstklassige Exemplare auf Lager, das wusste sie. Hier befanden sich die Gefangenen in Einzelzellen, damit sie sich auf ihre Ausbildung konzentrieren konnten. Durch jede Luke warf Sandra einen prüfenden Blick. In vielen Zellen sah sie ängstliche Gestalten. Sie ahnte bereits beim Anblick, dass diese Typen sich weigerten, für ihre Chance im Kessel zu trainieren. Sandra rümpfte die Nase. Wieso schleppte Anoje nichts Besseres an? Sie kratzte sich am Ohrläppchen. Sie musste erneut an die Tiger denken. Die meisten der Männer, die sie durch die Klappe beobachtete, saßen schweigend auf ihren Pritschen. Sandra schlug deprimiert die Klappe zu. Sie würde dringend mit Anoje sprechen müssen.

In einer der hinteren Zellen sah sie bessere Exemplare: sportliche Kerle, mit breiter Brust, die sich mit Hanteln die Muskeln stählten. Schon besser. Erfreut sah Sandra, dass es sogar Exemplare in körperlichen Variationen gab: kleinere drahtige Typen ebenso wie fülligere und größere. Das erleichterte die Auswahl enorm. Der Grundsatz der absoluten Gleichheit musste schließlich im Kessel in jedem Fall gewahrt bleiben. Es sollten faire Kämpfe sein.

Einer der Kerle hinterließ auf sie einen tiefen und besonders furchterregenden Eindruck. Sein Blick war wild und roh, er besaß etwas Animalisches, das Sandra schaudern ließ. Sein Kopf war kahl, und sein Gesicht, das nicht mehr ganz jung schien, wollte nicht recht zu seinem Körper zu passen, der durchtrainiert wie der eines jungen Sportlers schien. Er musste über eine enorme Willenskraft verfügen, dass er seinen Körper derart in Form gebracht hatte. Sandra sah, wie er ohne Unterlass seine Gewichte in die Höhe stemmte. Dass er beobachtet wurde, ignorierte er mit voller Absicht. Ihn würde nichts aufhalten, er würde seinen Weg gehen, ganz gleich, was um ihn herum geschehen sollte. Man sah, dass er gewinnen wollte. Er besaß eine gewisse Ähnlichkeit zu diesem Zari, der jetzt gerade oben einen hoffentlich abendfüllenden Auftritt hinlegte. Auch wenn Sandra nicht sonderlich viel auf Männer gab, so war ihr diese Sorte unter einem professionellen Aspekt die liebste: Diese Art Kerle würden alles dafür tun, als Sieger die Arena zu verlassen. Es waren echte Killer. Damit konnte man Geschäfte machen. Sandra seufzte.

Bei seinem Anblick musste Sandra wieder an Susan denken. So einen hätte die sich bestimmt nach dem Triathlon auf die Matte gezogen. Susan kannte da nichts und es hatte oft Streit darüber gegeben, ob solche Eskapaden nicht das gemeinsame Leben übermäßig belasten würden. Männer waren für Susan so eine Art schlechte Angewohnheit, fand Sandra, die man sich irgendwann besser abgewöhnen sollte. Wie Schokolade zu essen. Für Kinder ist das etwas nettes - aber irgendwann hört man damit doch auf und wird erwachsen!

Sandra ging vorsichtig weiter und erreichte die große Trainingshalle. Die Tür quietschte ein wenig, als Sandra sie vorsichtig öffnete. Um keinen weitern Lärm zu machen, ließ sie den Ausgang offen und schlich weiter. Hier war es beinahe dunkel, aber hinter den Gegenständen, die überall im Raum von der Decke hingen, sah sie ein flackerndes Licht. Sandra erkannte die Schemen der Hanteln, die auf Ständern an den Seiten standen. Von der Decke hingen Boxsäcke herab, zwischen denen sie sich jetzt vorsichtig hindurchschob. Sie bemühte sich, keinen der Säcke zum Schwingen zu bringen, weil sie wusste, welche quietschenden Geräusche die Ketten dann verursachen würden. Wie von einem Magneten angezogen folgte sie dem Lichtschein. Jemand musste eine Kerze angezündet haben, das erkannte sie an den huschenden Reflexionen, die aus der Mitte pulsierten. Die Schatten der Säcke schwankten überall als unheimliche Dunkelzonen. Dann sah Sandra, was hier los war! Eine blaue Wut stieg in ihr auf und sie kniff wütend die Augen zusammen.

23. Ende der Vorbereitung

Der Lärm riss ab. Und Jo fühlte sich, als würde er wie ein Fallschirmspringer aus dem Flugzeug gestoßen. Alles war mit einem Schlag anders. Das Dröhnen verschwand und abrupt fielen die herkömmlichen Gesetze weit hinter ihm zurück. Stille. Dies war der Moment, vor dem er sich gefürchtet hatte. Jetzt begann eine andere Welt. Durch seinen Magen zog sich ein Schmerz, wie von einer unbarmherzigen Beschleunigung. Sämtliche Vorbereitung endete in diesem Augenblick. Nun galten neue, unaufhaltsame Gesetze. Jede

Freiheit, jedes Zögern, jede Auswahl endete hier. Ab jetzt gab es nur ein Gesetz: Kampf.

Stille.

Als in dieser Sekunde die Halle von allem infernalischen Lärm befreit war, änderten sich die Regeln der Welt. Jos Herz stand still, er spürte nur ein langsames Ziehen, als wollte etwas in ihm fliehen. In Sicherheit bleiben. Doch es gab kein zurück. Dies war der Moment, auf den die ganze Nation gewartet hatte. Jo riss die Augen auf und hörte die Stille in seinen Ohren peitschen.

»Asaah!«

Zwei unmenschliche Schreie schnitten gleichzeitig wie Hiebe durch die Hallenluft. In der gleichen Sekunde, in der die Trommeln verstummten, setzten die entfesselten Kampfschreie der Kontrahenten ein. Der Mann war sofort voran gesprungen und stieß einen tiefen, bösartigen Laut aus. Er schlug zu. Erst mit links, dann mit rechts. Dröhnend hallte sein Grunzen durch den Kessel. Und auch die Frau schrie auf, aber höher und giftiger als ihr Gegner, scharf und durchdringend, wie ein Nadelstich. Ihr Schrei traf tief in Jos Seele, er stach ihm regelrecht ins Mark. Ihr Kieksen schlug aggressiv ihrem Gegner entgegen und klang extrem gefährlich. Sie fauchte wie eine Katze. Mit Abbruch des Trommellärms wich sie sofort mehrere Meter rückwärts und federte jetzt in einer kampfbereiten Verteidigungshaltung. Der Schlagversuch des Mannes hatte sie verfehlt. Die Katze war schnell.

Die Stille schwappte in die Halle, wie ein Eimer Wasser, der in einem Bottich geleert wird. Noch kräuselte sich die Oberfläche in kleinen, nervösen Wellen, aber eine beunruhigende Stille zog sich langsam über alles. Jo konnte den Atem beider Kämpfer hören. Vorsichtig umkreisen sich die Kontrahenten. Der schwarze Boxer hatte seine Fäuste vorgereckt und blickte konzentriert auf die Frau, die in ihrem Karate-Anzug kampflustig vor ihm federte. Mal schien sie mehrere Meter mit wenigen Sätzen zu der einen Seite kreisen zu wollen, dann änderte sie abrupt die Richtung, zuckte zum Schein ein großes Stück voran und drehte sofort wieder in die entgegengesetzte Richtung. Sie federte schnell und unberechenbar über die Matte. Eine Hand hielt sie mit der Handkante zum Schutz vor ihrem Gesicht, die andere Hand hatte sie zur Faust geballt an ihren Oberkörper gepresst. Ihre schnellen Sprünge ließen ihren Körper auf athletische Weise über der Matte schweben. Mehrere Meter konnte sie im Bruchteil einer Sekunde überbrücken. Sie wirkte wie eine gespannte Feder, die nur darauf wartete, loszuschnellen.

Jo kniff die Augen zusammen, um in dem gleißenden Licht die Frau in ihrem weißen Anzug ausmachen zu können. Die Helligkeit war enorm und er hatte das Gefühl, ihre Gestalt verschwände manchmal komplett in der weißen Fläche. Jo sah ihren Gürtel und den schwarzen Zopf, der hinter ihrem Kopf schlenkerte und mit seinen wilden Schwingungen einen wilden Abglanz ihrer Bewegungen verriet. Er peitschte wie die dynamische Signatur ihrer Kampfkunst.

»Los, Zari, pack sie dir!« feuerte Sai ihren Mann an. Doch die Kämpferin sprang in sicherer Entfernung um den Schwarzen herum. Ihre Bewegungen strahlten absolute Körperbeherrschung aus. Ihre Finger hielt sie zu leicht geschlossenen Fäusten vor ihrem Oberkörper und ihr Blick fixierte jede Bewegung des Mannes. Dann kam ihre Attacke. Härter, schneller, und rundweg überraschender, als Jo es für möglich gehalten hätte.

»Haih!«, schrie sie und sprang mit der schlagenden Faust frontal in den Mann hinein. Sie legte den gesamten Körper in die Attacke. Sie war schnell wie eine Katze, ihr Angriff explodierte mit einer unglaublichen Schnelligkeit, die jahrelanges Training verriet. Der

Mann versuchte noch, die Hände schützend vor seinen Kopf zu reißen - doch ihre Faust traf bereits seinen Kopf. Dann wirbelte sie um die eigene Achse und trat zu. Ihr nackter Fußballen rammte nach ungebremst in seine Magengrube. Sie kreischte boshaft. Volltreffer!

Sai zuckte neben Jo zusammen, als habe der Tritt auch sie erwischt. Jo dagegen verspürte eine Art von Erleichterung, als er jetzt, innerhalb einer Zehntelsekunde davon überzeugt wurde, dass diese Frau im Kessel alles andere als eine leichte Beute werden würde. Ihr Fuß hatte sein Ziel mit einer so gewaltigen Kraft getroffen, dass der Mann wie eine torkelnde Kugel mehrere Meter rückwärts stürzte. Jo war beim Anblick des Gewaltausbruchs zusammengezuckt. Noch nie hatte er eine Frau gesehen, die zu solch einer brutalen Aktion fähig war. Sie attackierte mit ihrem nackten Ballen so hart und schnell wie mit einer Stechlanze. Als hätte sie nie einen Zweifel gehabt, dass sie mit einem solchen Angriff haben könnte, sprang sie wieder auf sichere Distanz. Jo staunte. Diese Frau war wirklich gefährlich.

Der Schmerzensschrei des Mannes sprang dagegen wie ein Pingpong-Ball durch die Arena. Er hatte einen fatalen Fehler begangen und war augenblicklich von seiner Gegnerin bestraft worden. Es stand eins zu null für die Dame.

Mit einem Keuchen krümmte sich der Getroffene in sicherer Distanz. Ihr Tritt hatte ihn mehrere Meter rückwärts gestoßen und jetzt biss er wütend die Lippen zusammen und versuchte, trotz des Schmerzes ihrem Blick standzuhalten. Die Demütigung, von einer Frau so schnell und gekonnt getroffen worden zu sein, schmerzte ihn offensichtlich. Er versuchte ein Grinsen.

»Jetzt hat Phase Zwei begonnen«, hörte Jo Sais Stimme. »Kampf mit bloßen Händen und Füßen.« Sie blickte ihn an und nahm einen Schluck aus ihrem Glas. Aus funkelnden Augen analysierte sie jede Bewegung auf der Matte. »Nur der Bodenkampf ist verboten. Wer liegt, darf nicht attackiert werden.«

Mit wütenden Faustschlägen hechtete der Boxer auf seine Gegnerin zu. Ihr Treffer hatte ihn zornig gemacht; jeder in der Arena hatte die überlegene Technik der Frau sehen können. Und jeder wusste, dass sie jetzt versuchen würde, mit solch einem Karatetritt auch seinen Kopf zu treffen. Er schäumte vor Wut, das sah Jo.

»Los Zari, pack Dir die Schlange!« Sai schrie - und im gleichen Moment hechtete ihr Mann voran. Doch seine Gegnerin wich geschmeidig zurück und blockte die Wucht seiner Schläge mit ihren vorschnellenden Unterarmen. Ihre Deckung war gut und ihr weiblicher Körper verriet keine Anzeichen von Schwäche. Zischend stieß sie ihren Atem aus und parierte konzentriert seine Hiebe. Immer wieder tänzelte sie außerhalb seiner Reichweite und lockte ihn dennoch mit kurzen, winkenden Handbewegungen, als würde sie rufen: »Komm doch her, ich warte auf dich.«

»Die Lady ist mit Vorsicht zu genießen«, murmelte Sai. »Sie spielt auf Zeit. Konditionell ist sie im Vorteil. Sie ist zäh. Ich weiß, dass sie endlos lange diese Zermürbungsstrategie trainiert. Wenn es sein muss, kann sie mehrere Stunden um einen Gegner herum schleichen und ihn müde machen.« Sie flüsterte die Worte ehrfurchtsvoll und starrte besorgt hinab in die Arena.

Beklommen hörte Jo ihr zu. Sai schien erfüllt von ihrer Mission zu sein, ihm, dem Fremden, alle Feinheiten des hiesigen Nationalsportes zu erläutern: »Wenn eine Frau für den Kessel zugelassen werden will«, fuhr sie fort, »muss sie erst mal in den Katakomben zeigen, dass sie richtig was aushält. Sie muss vier Stunden Tortur überstehen. Ihre Hände werden auf den Rücken gefesselt. Jeweils ein Mann darf sie dann mit dem Stock bearbeiten. Schläge zum

Kopf sind nicht erlaubt. Aber auf die Beine und den Bauch. Das härtet ab. Nach einer Stunde werden ihre Fesseln gelöst. Dann hat sie genau eine Minute Zeit, im freien Kampf einen nach dem anderen zu erledigen. Hat sie den Ersten matt gesetzt, kommt der Nächste dran. Die Frau, die nach vier Stunden alle Männer überstanden hat, ist reif für den Kessel.« Sais Augen glänzten. Jo schwieg.

Unten auf der Matte drosch der keuchende Mann immer wütender auf die blockierenden Arme seiner Gegnerin ein.

»Härter Zari!«, schrie Sai, »du kannst sie brechen!« Doch die Frau ließ sich keinen Meter aus der Mitte der Arena abdrängen. Wie ein aggressives Reptil glitt sie auf ihren Gegner zu. Mit wenigen Körpertäuschungen gelang es ihr, gleichzeitig auszuweichen und mit zuckenden Fußtritten ihren Gegner auf Distanz zu halten. Sie trieb ihn durch den Raum, tänzelt leichtfüßig mal nach links, mal nach rechts und hetzte ihn mit Scheinattacken über die Matte. Wütend schnaufte er. Die Gladiatorin spielte auf Zeit.

»Los, Zari, gibt's ihr!«, keifte Sai. Ihr Favorit schien durchaus Kraft zu haben, keine Frage. Aber er wirkte träger als die elegant kämpfende Frau. Jo konnte deutlich hören, wie die Sportlerin bei jedem Treffer, den sie dem Mann beibrachte, wütend fauchte. Jeder Schlag war ein Triumph ihrer Geschicklichkeit. Sie ist wie eine Tigerin, dachte Jo, gefährlich, wie eine Raubkatze. Er suchte erneut sein Glas.

Während er trank, riskierte er, seinen Blick zur Seite zu wenden. Alle Frauen in den Logen, die er von hier aus überblicken konnte, blickten angespannt in den Kessel hinab. Eine Blondine, die schräg hinter ihm saß, schmunzelte genüsslich. Sie sah außergewöhnlich gut aus, fand Jo, und er fragte sich, ob sie ohne Begleitung zu dem

Schauspiel gekommen war. Ihre Lippen glänzten sinnlich. Schnell sah schnell wieder hinab.

Unten kämpfte der Mann konzentriert weiter. Er schien zu spüren, dass er seine weibliche Gegnerin, die immer aggressiver ihre nackten Fußballen vorstieß, so schnell wie möglich treffen musste. Wenn er sie nicht in der sogenannten Phase Zwei ausschalten würde, dann würde ihre Ausdauer immer mehr zum Tragen kommen. Die Zeit lief gegen ihn.

Wütend gellten die Kampfschreie durch die Arena. Die Frau blies bei jedem Fauststoß scharf ihren Atem aus. Geschmeidig federte sie auf Distanz und stieß einen triumphierenden Kiekser aus. Jo hörte den keuchenden Atem der Frau jetzt schräg unter sich. Mit funkelnden Augen umrundete die Frau ihren Kontrahenten. Ein Anflug eines Schmunzelns huschte über ihre Lippen. Sie schien ihren Gegner feixend zu beobachten, als wäre es nur noch eine Frage der Zeit, bis sie den entscheidenden Knock-Out landen könnte. Sie genoss die aufsteigende Nervosität des Schwarzen, der keinen Weg fand, die Distanz zu verkürzen und für sich punkten zu können. Verbissen schlug er ein ums andere Mal ins Leere. Sie grinste, als würde jede seiner Aktionen genau das bestätigen, was sie ihm mit ihrem ersten Blick signalisiert hatte: Sie würde ihn am Ende erledigen.

Aus mehreren Metern Abstand schoss sie plötzlich hervor. Es dauerte nur den Bruchteil einer Sekunde, während sie mit einem gewaltigen Sprung voran hechtete und ihr Bein in die Höhe schmiss. Fauchend brüllte sie auf. Ihr Fuß stach durch seine Fäuste hindurch und rammte ungebremst in sein Gesicht. Blut spritzte.

»Kiahj!« In ihrem Schrei entlud sich die geballte Aggressivität einer Frau, die selbst ihre Stimme als Waffe einsetzen konnte. Und genauso hart wie ihr Schrei schlug ihr Tritt zu. Ihr Fuß traf ihr Ziel mit aller Wucht. Genau so hatte sie es gewollt: Der männliche Kopf wurde vom Druck ihres Fußes in den Nacken geschmettert, sein Oberkörper bog sich nach hinten und überwältigt vom Schwung ihres Körpers stürzte der Mann rückwärts. Ein knallendes Geräusch peitschte durch die Halle. Fußballen auf Nasenknochen. Karate in Perfektion.

»Ahhhhi!«, schrie sie boshaft auf. Das saß. Sie hatte ihn mit solch enormer Wucht getroffen, die nicht nur Jo, sondern viele der Zuschauer überrascht hatte. Wie der Kolben aus einer Maschine war ihr Fußtritt aus ihrem Körper explodiert. In einem Straßenkampf hätte solch ein Tritt wahrscheinlich das Ende für den Getroffenen bedeutet. Hier beugten sich die Zuschauer voller Neugier über die Brüstung, um zu begutachten, ob der Mann den Treffer wegstecken würde.

Der Boxer ging zu Boden und hielt sich die Hände vors Gesicht. Blut sackte heraus. Gekrümmt rollte er über die Matte und schmierte eine Reihe von roten Flecken hinter sich her. Jetzt durchschossen unkontrollierte Zuckungen seinen Körper. Seine Arme schlugen hektisch um sich, und sein Rücken bog sich wie eine gerissene Feder.

»Verdammt, sie hat sein Nervensystem getroffen«, murmelte Sai.

»Touché«, jubelte dagegen die Blondine hinter Jo. »Schön gemacht!« Ihre Stimme verriet eine Art von Sachkenntnis, wie es Jo schien. Als wisse sie genau, wie man solche Techniken einsetzen musste.

Entsetzt blickte Jo zu dem verletzten Mann hinab. Der Kämpfer schien desorientiert zu sein. Ein Schrei des Entsetzens war Sai entfahren. Sie musste sehen, wie die Kämpferin jetzt entspannt von dem Niedergeschlagenen fortging und aus sicherer Distanz ihr Werk betrachtete. Sie nickte sich selbst zu, als muntere sie sich mit einem anfeuernden Lob auf. Sie ballte energisch ihre Fäuste. Jetzt stand es zwei zu null für die Frau.

Sie ging in einem Halbkreis um den Niedergeschlagenen und stellte sich breitbeinig über ihn. Ihr rechter Fuß, der ihm eben diesen Treffer beigefügt hatte, stand jetzt dicht neben seinem Kopf. Noch immer krümmte er sich, hatte aber noch Kraft, die Fäuste schützend vor das Gesicht zu reißen. Jeder Zuschauer spürte, dass er Angst hatte. Sie beugte sich über ihn und zielte mit ihrer Faust auf seinen Kopf. Sie war bereit, den finalen Schlag anzusetzen. Direkt auf seine Schläfe wäre er erfolgt. Wie ein fauchender Drache brüllte sie auf den Besiegten hinab. Er lag matt am Boden, wie eine Robbe am Stand, während die schlagbereite Faust der Frau auf ihn zielte.

»Komm schon, vergiss die Regeln«, fauchte die Blondine hinter ihm. »Kill ihn jetzt einfach! Dann hat er's hinter sich. Und wir können alle früh nach Hause gehen.«

Jo hatte sich zu der Blonden umgewandt und sah, wie sie aus amüsierten Augen zu ihm blickte. Sie hielt vor sich einen kleinen Gegenstand, der wie ein kleines Tablett aussah. Es musste ein Taschenspiegel oder etwas Ähnliches sein. Überrascht erkannte Jo, dass die Frau jetzt einen kurzen Strohhalm in ihr rechtes Nasenloch steckte und ihn hinab auf die Platte führte. Sie sog damit ein Pulver ein, das dort lag. Dann blies sie in höchster Befriedigung ihren Atem aus, seufzte voller Begeisterung und rief: »Ich würde es mit vier von solchen Bullen gleichzeitig aufnehmen!« Sie lachte laut.

Sai dagegen blickte versteinert hinab. Es sah nicht gut aus für ihren Favoriten. Zwar hatte die Kämpferin den entscheidenden Schlag unterlassen - genau so, wie es die Regeln erforderten. Doch die Frau hatte eindrucksvoll bewiesen, wie gut sie tatsächlich war.

Der benommene Mann sollte genau spüren, dass er ihr wehrlos ausgeliefert war. Sie fauchte ihn an. Es war ihr Triumph.

Der Schock hatte Sai bleich werden lassen. Ihr Favorit duckte sich regungslos auf der Matte, spuckte Blut, und musste hoffen, dass seine Gegnerin sich an die Regeln halten würde.

»In Phase Drei hätte sie ihn jetzt erledigen können«, murmelte Sai. Jo spürte, dass sie Angst bekam.

Als Jo jetzt auf den blutenden Mann blickte, begriff er endgültig den Ernst des Kampfes. Er blickte zu der gewölbten Decke empor, aus der unzählige Lichtstrahlen herabrieselten. Etwas weiter neben sich sah er die Gesichter der Zuschauerinnen. Die meisten blickten versteinert, einige belustigt, andere wieder verzogen die Mienen zu fachmännischem Ausdruck. Jo konnte sich nicht erklären, wieso ihn plötzlich das Gesicht einer jungen Asiatin magisch anzog. Sie sah ihn mit einer ungewöhnlich ruhigen Neugierde an, schien ihm; als würde sie ihn eindringlich studieren. Woher mochte sie ihn kennen? Jo fand keine Erklärung dafür und drehte schnell den Kopf wieder Richtung der Arena.

»Er bekommt jetzt genau eine Minute«, sagte Sai. »Das ist fair.« Die Frau in ihrem weißen Anzug stolzierte jetzt um den Liegenden und schritt dann mit demonstrativer Lässigkeit auf die gegenüberliegende Seite der Matte. Der Kessel gehörte jetzt ihr. Sie atmete tief durch. Jo beobachtete mit pochendem Herzen, wie die Athletin ihre Füße breitbeinig auf die Markierungen setzte. Sie hakte ihre Daumen in den Gürtel und wartete. Kampflustig lauerte sie dort. Es schien, als würde sie sich auf die nächste Runde freuen.

Nach einer halben Minute hatte sich auch der Boxer wieder erhoben. Er wirkte träge, schüttelte energisch den Kopf, als gelte es, eine unangenehme Erinnerung aus dem Gedächtnis zu löschen. Jo versuchte, sich gedanklich in den Mann hinein zu versetzen: Wie es für ihn gewesen sein musste, Sekunden bevor er im Gesicht getroffen wurde. Ob er den gegnerischen Fuß noch bewusst wahrgenommen hatte, wie dieser auf ihn zuschoss und ihn mit voller Wucht ins Gesicht getroffen hatte? Die Kraft dieser Frau musste gewaltig sein. Jo schluckte.

Wieder kamen die ungleichen Kämpfer in der Mitte voreinander zum Stehen. Er kurzer Trommelschlag eröffnete die nächste Runde. Noch war alles offen. Und wieder stürmte der Boxer wutschnaubend voran, so, als wolle er demonstrieren, dass der Niederschlag ihn nicht weiter beeinträchtigte. Die Menge feuerte ihn jetzt mit tosendem Applaus an, und tatsächlich schien er sich von der Unterstützung der Menge anspornen zu lassen. Seine Attacken wirkten ungehemmter und rasender als zu Beginn. Er ging volles Risiko. Er wollte die verhasste Frau treffen, und zwar so vernichtend, dass diesmal sie K.o. gehen würde. Und, dass sie nicht wieder aufstehen könnte.

24. Erwischt

Sandra starrte voller kühler Wut in die Schwärze des Trainingsraumes. Sie erkannte, dass eine jener Ketten, an denen die Boxsäcke hängen sollten, leer war. Suchend ließ sie ihren Blick durch die Finsternis schweifen und sah, wo der dazugehörige Boxsack sich befand: Er lag am Boden, vor einer Kerze. Und auf dem Sack...

Lag Amy.

Erwischt, dachte Sandra. Sie hatte gewusst, dass sie hier früher oder später jemanden finden würde, der eigentlich oben im Tempel sein sollte. Dass es aber Amy, die Jüngste ihrer Damen, war, die sich hier unten herumtrieb, überraschte Sandra jetzt doch. Amy war eine hübsche, muntere Person, voller bunter Tattoos an den Oberarmen, die es stets verstanden hatte, die behaglichen Seiten des Jobs zu genießen. Zwar war sie rund um die Uhr für Madame im Einsatz, schoss in rasendem Tempo mit ihrem Motorrad durch die gesamte Stadt, aber wenn es Phasen von Leerlauf gab, war sie die Erste, die sich mit einer Tüte Chips auf Madames Couch verzog. Sie pflegte eine umfangreiche Filmsammlung, die sich von Horrorstreifen, über klassische Dramen bis zu Liebesschnulzen zog. Ihren Job schien sie nebenbei in einem gesonderten Bereich ihres Hirns abzuspeichern, während sie futternd und verträumt auf der Couch vor dem Bildschirm saß. Amy hätte nie einen Auftrag vermasselt. Aber gemütliche Phasen des Faulenzens konnte sie jederzeit mühelos einflechten.

Jetzt aber schien Amy sich ein ganz besonderes Programm zu gönnen.

Na warte, meine Rennschnecke, grummelte Sandra für sich, achtete aber darauf, dass Amy sie nicht hören konnte.

Amy hatte die hereinschleichende Chefin nicht bemerkt. Ihr buntes Kleid hatte sie ausgezogen und es neben den Sack gelegt. Sie trug nur noch rosafarbene Unterwäsche und lag bäuchlings auf dem Boxsack. Ihre kleinen Brüste presste sie auf die lederne Rundung und ihre festen Schenkel stützten sich rechts und links auf dem Boden daneben ab. Sandra kam auf Zehenspitzen näher. Ihre Empörung über den Umstand, dass es ausgerechnet Amy war, die sie beim Schwänzen des Staatsaktes ertappt hatte, mischte sich jetzt mit einer gewissen Freude an dem Anblick. Noch nie hatte sie Amys Körper so wenig bekleidet gesehen. Er gefiel ihr. Sie trug ein Höschen aus transparentem Negligé-Stoff. Ihr Hintern sah gut aus, fand Sandra. Aber was zum Teufel trieb die Kleine hier?

Sollte das ein Training für den Bodenkampf werden? Sandra unterdrückte ein Lachen. Nun ja, der arme Sack war ein relativ müder Gegner, dachte Sandra, aber es gefiel ihr, wie Amy das liegende Sportgerät unter sich drückte, als kontrolliere sie einen Gegner beim Ringen. Amy versus Boxsack - beim Judo hätte Amy das Match gewonnen.

Ein Stöhnen durchfuhr plötzlich den Raum. Sandra zuckte herum - jetzt war sie wirklich erschrocken! Es klang wie ein Mann. Irgendwo dort an der Seite musste er sich befinden. Er keuchte wie ein Hund. Oh Gott!

Sandra blickte vorsichtig an dem Boxsack vorbei, hinter dem sie sich versteckt hielt. Tatsächlich, dort drüben an der Wand sah sie den Kerl! Er hing in der Höhe, an einer Art Reckstange. Er trug eine schmutzige Hose, sein Oberkörper war nackt und behaart und seine schulterlangen Haare fielen ihm feucht auf die Schultern. Er hielt sich an den Händen fest und zog sich mühevoll in die Höhe. Unter der Anstrengung der Klimmzüge, die er pumpend an der Stange absolvierte, verzerrte sich sein Gesicht auf eine etwas unschöne Art.

Und Amy beobachtete ihn. Der Mann an der Querstange befand sich für sie in bequemer Entfernung zum Beobachten. Immer wieder quälte er seinen Körper in Klimmzügen empor und presste dabei keuchend den Atem aus. Amy begutachtete ihn offenbar mit leiser Genugtuung. Erleichtert erkannte Sandra, dass Amy die Sicherheit nicht völlig vergessen hatte - und die Kette des Gladiators nicht gelöst hatte. Sie führte von seinem Fuß zu einer hüfthohen Eisenkugel und klirrte leise. Wäre er frech geworden, hätte man die Kugel bequem auf den Steg schubsen können. Dort wäre sie abwärts gerollt und wäre schwer genug gewesen, den Kandidaten mitzuschleifen. Dann wäre sie in den See gestürzt und hätte den Fall auf stille Weise erledigt. Sandra schätzte Sicherheit. Und sie mochte den See.

Der Mann pumpte sich langsam auf und ab. Er hielt ziemlich lange durch, wie Sandra anerkennend bemerkte. Seine Muskeln spannten sich bei jedem Zug und seine muskulöse Brust wölbte sich unter der Anstrengung.

Amy schien das Programm ziemlich gut zu gefallen. Beide Hände hatte sie vergnügt unter das Kinn gestützt, und ihre Beine lagen bequem zu den Seiten des Liegesacks gespreizt, so, dass sie mit ihren Füßen noch ein paar fröhliche Bewegungen in der Luft vollführen konnte. Manchmal verhakte sie die Knöchel ineinander und kratzte eine Fußsohle mit dem großen Zeh des anderen Fußes. Jetzt bemerkte Sandra, wie Amy ihr Becken an der Unterlage rieb. Ihr Hintern vollführte Bewegungen, die auf eine gewisse innere Glut hinwiesen.

»Störe ich?« Sandra fragte so leise wie möglich.

25. Die Zeit rennt

Jo blickte zu den Zuschauern auf der rechten Seite hinüber. Die geheimnisvolle Frau stand immer noch wie angefroren in ihrem violetten Kostüm und starrte zu ihm hinüber. Sonderbarer Blick. Weich und melancholisch und doch mit einer ernsthaften Tiefe. Er ähnelte dem von Sai. Jo reckte den Hals, um an ihr vorbeisehen zu können, denn hinter ihr leuchtete eine große Anzeigetafel, die jetzt seine Aufmerksamkeit erregte. Sie zeigte eine rückwärts laufende Uhr.

Aufgeregt wippte Sai auf ihrem Sitz. »Er hat nur noch eine Minute! Er muss jetzt zuschlagen! Die Zeit wird knapp und gleich ist

Phase Zwei vorbei.« Die Uhr zeigte dreißig verbleibende Sekunden an.

Dann schrie die Zuschauermenge hysterisch auf. Zari war einem athletischen Sprungtritt der Frau ausgewichen und mit einer schnellen Drehung hinter ihren Körper getaucht. Ihr Fuß jagte ins Leere, ihr Zopf schwang in einem enttäuschten Wirbel um ihren Hals, und der Boxer wich ihrem Angriff aus. Sofort sprang er hinter ihren Rücken. Jetzt entwickelte er eine böse Schnelligkeit. Diese Chance wollte er sofort nutzen. Kein Zögern, keine Gnade. Jetzt - oder nie!

Er packte sie von hinten. Die Menge fauchte auf.

Genau solch eine Entwicklung hatte sich niemand mehr als Sai gewünscht: Jetzt konnte der Kämpfer seine Gegnerin von hinten würgen. Und Zari hatte sie. Er schlang seine Arme um den Hals der Frau. Dann zog er zu.

»Ja«, schrie Sai, die wie alle anderen aufgesprungen war. Beide Hände ballte sie zu Fäusten und stemmte sie waagerecht nach vorne. Triumphierend stieß sie hervor: »Los Zari! Jetzt! Jetzt drück ihr die Luft ab!«

Die gesamte Arena tobte.

Der Würgegriff saß. Zari brüllte auf und presste sich wie ein klebriger Schatten an den Rücken der Frau. Er korrigierte mit einer flinken und energischen Bewegung seinen Griff. Jetzt konnte er seinen rechten Unterarm wie einen Hebel an sich - und damit auf den Hals der Frau ziehen. Er röhrte befriedigt auf. Sein Unterarme verwandelte sich in eine wirkungsvolle Zange. Und Zari wollte damit ein tödliches Werk vollbringen.

Die Frau zappelte. Sie hing in der Falle. Und die Uhr lief.

Aber Zari ließ nicht locker, auch wenn seine Gegnerin ihn mit wilden Stößen in ein peitschendes Taumeln brachte. In dieser Umklammerung hatte sie keine Chance zur Gegenwehr. Sie wurde von ihm angehoben, sodass ihre Füße den Kontakt zum Boden verloren. Sogar Jo verstand, dass dies das Schlimmste war, was einem Kämpfer widerfahren konnte. Ein sicheres Vorzeichen für einen Niederwurf.

Sai klatschte entzückt in die Hände: »Sieh nur! Er hat sie! Das sieht gut aus...«

Zari schob sie vor sich her und nahm ihr jede Möglichkeit zur Gegenwehr. Hilflos stieß die Gepackte mit ihren schwebenden Füßen um sich, spannte verzweifelt ihre langen Beine an, bäumte ihren gesamten Körper zuckend zu den Seiten. Sie wand sich, wie ein Aal im Würgegriff, stieß dann mehrmals mit dem Kopf nach hinten, in der Hoffnung, ihn so verletzten zu können. Doch es gab für sie kein Entkommen. Zari ließ nicht locker und die Kämpferin zappelte in der Falle. Jetzt konnte der Kampf entschieden werden. Schwarz könnte Weiß besiegen. Die Kehle der Frau wurde von dem würgenden Bizeps ihres Gegners zusammengedrückt. Lange würde sie das nicht aushalten können.

Sai kreischte voller Ekstase: »Jo, sieh: Er macht sie fertig! Er drückt ihr die Luft ab! Ja!« Sie sprang in die Höhe. Dies war eine Entwicklung ganz nach ihrem Geschmack. Jetzt gab es keine Chance mehr für feminine Handkantenschläge. Rohe Kraft würde siegen.

»Aber er darf sie nicht zu Boden werfen«, rief Sai. »Auf keinen Fall! Bodenkampf ist in Phase Zwei nicht erlaubt. Er muss sie aufrecht fertigmachen.«

Jo nickte. Nur wenige Meter unter ihm sah er die Kämpferin, wie sie um Luft rang. Sie versuchte, einen Ellenbogenstoß zu platzieren, doch gleichzeitig wollte sie mit einer Hand zu seinem Unterarm greifen, um den Druck zu verringern. Sie musste einen Weg finden, die Umklammerung aufzubrechen. Ihn abschütteln, zu Boden zwingen...

Keine Chance.

»Gegen die Mauer! Mach sie doch an der Mauer fertig«, schrie Sai. Die Uhr zeigte zwanzig Sekunden an. »Du hast noch Zeit - das reicht«, tobte Sai. Ihre Stimme versank im gellenden Meer der Pfiffe.

Die Mauer war noch einige Meter von dem ringenden Paar entfernt. Zari hob sie weiter in die Höhe und schob die umklammerte Frau vor sich her. Dann begann er, mit schneller werdenden Schritten auf die Mauer zuzulaufen. Als er es bis einen Meter vor die Wand geschafft hatte, brüllte er auf und schleuderte in einem letzten, verbissenen Kraftakt die Gepackte gegen den Beton. Sie konnte ihren Kopf schützen, indem sie ihn zur Seite drehte, aber ihr Körper wurde mit der Brust voran an die Wand geschmettert. Jo biss sich auf die Lippe. Das sah schlimm aus.

»Zerquetsch sie«, jauchzte Sai von oben. Die Kämpferin zappelte unten mit heiserem Keuchen wie eine Katze in höchster Not. Sie bäumte ihren gefesselten Körper auf. Die Beine in ihrem Kampfanzug schlugen in wechselnde Richtungen. Sie verlor die Kontrolle und wurde zwischen der Mauer und ihrem Gegner eingeklemmt. Ein Beinhebel oder ein Kniestoß hätte sie eventuell retten können, doch die Umklammerung von hinten nahm ihr jede Bewegungsfreiheit. Energisch warf sie den Kopf zur Seite und lockerte so die Umklammerung. Dann gelang es ihr tatsächlich, sich ein wenig zu drehen. Ihr Kopf schlug zur Seite, sodass ihr Zopf vor dem Gesicht des Mannes wie eine Peitsche schlenkerte. Sie wandte sich ab - und schaffte es unter dem Aufschrei der Menge, sich komplett umzuwenden. Jo starrte hinab, sah, wie sich die Frau drehte und dem Kämpfer nun die Vorderseite zuwandte. Mit beiden Händen hielt er jetzt ihren Hals gepackt und drückte sie gegen die Wand. Er konnte ihr jetzt, da sie sich gedreht hatten, frontal ins Gesicht sehen.

Im selben Moment setzte er einen Kniestoß ein. Er brüllte wie ein Bär. Die Wucht seines Knies traf ungebremst ins Ziel. Ihre Beine waren für einen kurzen Moment gespreizt gewesen, und so gelang ihm der Tiefstoß. Sein Knie rammte zwischen ihre Oberschenkel. Er grunzte und sah ihr triumphierend in die Augen.

Jeder konnte spüren, dass der Kämpfer vor Glück und Ehrgeiz glühte, endlich seine Gegnerin an einer empfindlichen Stelle getroffen zu haben. Er hatte sich an die Regeln gehalten. Dies war kein Bodenkampf. Alles sprach für ihn. Schwarz würde über Weiss triumphieren.

»Aua«, frohlockte Sai. Sie griff sich an den Hals und verfolgte gebannt, wie die Frau sich wand. »Madame Schwarzgurt scheint ein paar Probleme zu bekommen...«

Die Uhr zeigte fünf verbleibende Sekunden an.

Dann kam der Befreiungsschlag. Mit letzter Kraft stieß die Frau ihren Handballen gegen das Kinn des Mannes... und -

Es war ein Volltreffer! Sein Kopf knickte nach hinten weg. Sie hatte einige Wucht in den Stoß legen können, sodass der Mann taumelte und den Griff lösen musste. Er röchelte verblüfft auf. Sofort ließ sie sich zu Boden fallen, rollte zur Seite, und sprang nach einer Rolle über die Matte wieder auf. Mit schnellen Schritten hechtete sie in die Mitte der Arena. Sie hatte es tatsächlich geschafft. Die Katze war frei.

26. Klimmzüge

Sandra räusperte sich, und Amy fuhr abrupt auf. Als die Kleine sah, dass es Madame war, die dort aus der Dunkelheit wie ein Haifisch in der Tiefsee auftauchte und sie nun ganz offensichtlich erwischt hatte, ließ sie sich sofort wieder müde auf den Boxsack niederfallen. Es hatte keinen Zweck, zu leugnen. Sie war ertappt.

»Hallo Boss...«, sagte Amy und ließ deprimiert ihre Wange auf den Boxsack klatschen. Das hatte ihr gerade noch gefehlt.

Der Mann war im gleichen Augenblick von seiner Reckstange herab gesprungen und blickte ängstlich zu den Frauen.

»Soso, du magst Klimmzüge?« Sandra schüttelte tadelnd die Locken. Ihr Wut über die Situation kippte langsam in ein Gefühl von Amüsement. Die Tatsache, dass die beiden offenbar - noch? - keinen Sex gehabt hatten, milderte ihre Wut ein wenig. Außerdem gefiel ihr Amys Anblick nun immer mehr, sodass sie beschloss, es bei einer kleinen Lektion zu belassen. Nein, sie wollte die Kleine nicht abkühlen. Sie sollte in ihrem Feuer hübsch weiterglühen.

»An die Tür! Sofort!« herrschte sie Amy an.

Zufrieden sah sie, dass Amy genau wusste, was Madame mit diesem Befehl meinte. Gewiss hatte sie mitbekommen, dass Susan sich manchmal dieser Lektion aussetzte, wenn Sandra es forderte.

Während der Mann erschöpft zu Boden sackte und darauf wartete, dass jemand ihn zurück in seine Zelle schleifen würde, ging Amy mit gesenktem Kopf zu der Tür. Sie stand halb offen.

»Wie viele?«, fragte sie schuldbewusst.

Sandra schmunzelte. Es gefiel ihr, dass Amy diese Art der Bestrafung kannte: Klimmzüge an einer offen stehenden Tür.

»So viele«, sagte Sandra, »bis du nicht mehr kannst. Und keine Einzige weniger.«

Eigentlich war es Susan gewesen, die Sandra diese Übung früher einmal gezeigt hatte, nachdem sie gemeinsam eine Trainingseinheit im See absolviert hatten. Man benötigte dazu nur eine stabile Tür, die weit offenstand. Am besten funktionierte es, wenn die Türklinken abmontiert waren; genau so, wie hier an der großen Tür zum Trainingsraum. Man stellte sich vor die Kante, sodass diese gerade auf den Körper zielte. Die Nasenspitze konnte das Holz berühren, man blickte zu beiden Seiten der Tür, oder schloss die Augen am besten komplett. Die Brüste musste man rechts und links der Kante platzieren. Dann wurden die Hände gefaltet, als würde man ein letztes Stoßgebet abschicken. Man hob die Hände, streckte den Körper bis auf Zehenspitzen weit in die Höhe und legte die Hände oben auf die obere Türkante. Dann tief Luft holen und allen Mut zusammennehmen. Wer etwas kleiner war, wie jetzt Amy, musste sogar ein wenig in die Höhe springen. Das Holz schnitt dann vielleicht schmerzhaft in die Hände, aber mit ein wenig Willenskraft überwand man diesen Schmerz schnell. Wenn man mit den Händen oben sicher Halt gefunden hatte, zog man sich empor. Die Anspannung erfasste sofort den ganzen Körper. Man durfte nicht abrutschen, sondern musste seinen gesamten Willen auf dieses Klammern richten, bei dem sich der gesamte Körper extrem anspannte. Der Schmerz an den Händen wurde kompensiert durch die Erregung und die Euphorie, die sich durch das pure Aushalten einstellte. Man musste sich einfach nur oben halten, so lange wie irgend möglich. Wenn es ging, sich noch ein wenig weiter hochziehen, bis die Bauchmuskeln so angespannt wie nur irgend möglich waren. Jedes Bein lag auf einer Seite des Türblattes. Die Kante drückte dann einen geraden sauberen Schmerz in das Zentrum des eigenen Körpers. Zwischen den Brüsten, auf dem Solar Plexus, bis hinunter auf die Vagina rieb es mit einer gleichmäßigen Härte, die Sandra beim ersten Mal violette Blitze durch das Hirn schießen ließ. Man konnte sich dieser erregenden Härte nicht entziehen, sie schnitt und drückte so heiß in einen hinein, bis das Violett zum Feuer wurde.

Sandra beobachtete, wie Amy an der Tür hing. Sie jaulte auf, aber sie war eine tapfere kleine Kämpferin, die die Übung richtig lange aushalten wollte. Amy war zäh, das sah Sandra sofort. Die Kleine krallte sich an der Tür fest, ihre Wangen glühten, und sie begann jetzt, kieksende Schreie auszustoßen. Amy hatte sogar den Mut, die Beine durchzustrecken, sodass die Hebelwirkung ihr besonders kräftig zwischen die Schenkel drückte. Sandra wusste, mit welcher Energie der Kampf aus totaler Muskelanspannung und sexueller Erregung in ihr ausbrechen würde. Amy winselte an der Tür, rieb ihr Becken in verzweifelter Wildheit an der Kante und zog ihren kleinen, verschwitzten Körper jaulend ein paar weitere Zentimeter in die Höhe. Die Tränen liefen ihr über die rosa Wangen. Es war, als wünsche sie sich noch stärkere Muskeln, die ihr mehrere und vor allem schnellere Klimmzüge ermöglicht hätten. Aber sie hielt sich lange. Auch sie erreichte die farbige Phase.

Sandra schmunzelte: Die Kleine hatte kaum noch die Kraft, sich überhaupt an der Tür zu halten, und Sandra sah, wie hungrig Amy danach schien, den Druck der Kante so lange wie irgend möglich aufrechtzuerhalten. Amy japste vor Lust und Verkrampfung zugleich.

Als sie endlich von der Tür abrutschte, fing Sandra sie auf. Sie stürzten beide zu Boden.

»Amy, Amy...«, tadelte Sandra, »was machst Du hier unten bloß für Sachen?« Sie strich ihr über die Nase.

Amy keuchte, sie war außerstande, noch ein Wort zu sagen. So stabil wie die Tür war noch kein Mann gewesen, den sie an diese Stelle hatte kommen lassen. Ihre Wangen glänzten.

27. Ende Phase Zwei

Jo kratzte sich nervös am Kinn. In dem Moment, als die Kämpferin mit wendigen Sprüngen aus dem Griff des Mannes entkam, rückte die Uhr auf Null. Für einen kurzen Moment schien es, als könnte der männliche Kämpfer hinter der Frau herspringen, doch im gleichen Augenblick verlöschte das gesamte Licht. Die Arena fiel wieder in jene Schwärze zurück, die sie zu Beginn zu einem undurchschaubaren Ort gemacht hatte. Phase Zwei war beendet.

Jo sah nichts. Er suchte in der Dunkelheit nach Sais Hand. Auch die Stille, die jetzt einsetzte, ängstigte ihn. Dann sah er, wie in der Mitte der Arena wieder ein trübes Licht aufglomm. Ein diffuser Lichtkegel tauchte in der Mitte des Kessels auf. In mattem Schimmer wurde die Lichtinsel etwas heller. Jo lauschte. Konnte er den Atem der Kämpfer hören? Gewiss waren sie beide noch dort unten.

Irgendwo in der Dunkelheit mussten sie sich befinden. Aber Jo sah niemanden. Ein großer, ringförmiger Bereich außerhalb des Zentrums verblieb in völliger Schwärze. Dort lauerten die Kontrahenten. Erholten sich. Sammelten Kraft.

Dicht an seinem Ohr erklang Sais Stimme. Sie hatte sich sehr dicht zu ihm gebeugt: »Jetzt gibt es kein zurück mehr«, hauchte sie, »in Phase Drei existieren keine Regeln.« Jo hatte das Gefühl, sie würde ihm auf das Ohr küssen. Vielleicht war dies aber nur eine Halluzination. Er blickte auf den Lichtkegel. Wer würde als erster in das Zentrum gehen?

»Weiß muss als Erster ins Licht gehen«, antwortete Sai, als hätte sie seinen Gedanken lesen können. »Wenn die verdammte Schlange Mut hat, wird sie als Erste in das Licht treten. Schwarz hat den Vorteil der Dunkelheit. So sind die Regeln. Schwarz kann den besten Winkel aus der Deckung wählen.«

Jo sah, wie nun die schlanke Silhouette der Frau am hinteren Rand der Lichtfläche erschien. Sie bewegte sich so langsam, wie möglich. Sie horchte offensichtlich in die Rundung der Arena hinein. Würde sich ihr Gegner durch ein Geräusch verraten? Konnte sie die Schritte seiner Füße auf der Matte hören? Behutsam glitt sie in den Lichtkegel. Ihr heller Anzug reflektierte das wenige verbleibende Licht deutlich. Ihr Gegner würde keine Probleme haben, sie aus dem Schutz der Dunkelheit zu beobachten. Das war nicht fair, fand Jo. Längst hoffte er, dass diese Frau siegen möge - ganz gleich, was Sai sich wünschte.

Vorsichtig schritt die Gladiatorin zur Mitte. Jo versuchte, das weite Rund zu überblicken. Wo war der Mann? Würde er sich sofort aus der Finsternis auf sie stürzen? Noch war nichts zu sehen. Nirgends war der Schläger auszumachen.

»Er ist hier«, zischte eine Stimme von oben. Eine Zuschauerin schien ihn verraten zu wollen. Dann hörte man eine zweite Stimme, die ebenfalls »Hier« flüsterte. Ein Echo?

Der Hinweis hallte gespenstisch durch die Rundung des Raumes. Sofort meinte Jo, das Geräusch von Schritten orten zu können, als würde der Mann in einem weiten Bogen um die Mitte schleichen. Offenbar wollte die Zuschauerin der Frau einen Hinweis geben, wo sich der Gegner befand. Immer wieder zischten jetzt verschiedene Stimmen von der Balustrade: »Hier ist er. Hier!« Wahrscheinlich bewegte sich der Mann in wechselnder Richtung an der Wand entlang. Der verdammte Feigling, dachte Jo, wollte sich verstecken.

Die Frau versuchte, während sie in der Mitte stand, ihren Gegner im Dunklen auszumachen. Das Licht fiel steil von oben herab, sodass die Falten ihres Kampfanzuges scharfe Kontraste über ihre Statur warfen. Sie konnte warten.

Es wurden gespenstische Minuten der Stille. Jo hielt den Atem an. Vorsichtig drehte sich die Frau um ihre Achse. Ihr Blick funkelte in jede Richtung der Umgebung. Sie suchte mit stechendem Blick nach ihrem Gegner, der irgendwo in der Finsternis des Raumes seinen Angriff planen konnte. Auch Jo hatte ihn immer noch nicht ausmachen können. Nun ließ die Frau die Finger ihrer Hände zum Knoten ihres Gürtels gleiten. Mit behutsamen Bewegungen öffnete sie die Schlinge des Stoffes, der in der Mitte ihren Körper umspannte. Sie wickelte den Gürtel ab, ließ den schwarzen Streifen zu Boden gleiten und öffnete die weiße Jacke. Vorsichtig glitten ihre Schultern aus dem Oberteil. Jo sah fasziniert auf den Körper der Frau. Ihre hellen Arme waren durchtrainiert und ihr athletischer Oberkörper wurde von einem weißen Büstenhalter umspannt. Die Jacke ließ sie jetzt zu Boden fallen. Mit einem tiefen Atemzug dehnte sie ihre Statur. Jo sah, wie sich ihr Busen unter dem Stoff spannte.

»Warum tut sie das?«, fragte er Sai so leise wie möglich. Er fürchtete, sein Wispern könne in der Stille von den anderen Frauen gehört werden. Aber Sai schwieg. Nur hauchdünn konnte Jo ihren Atem hören.

Dann streifte die Athletin auch die weiße Hose ihres Kampfanzuges ab. Geschmeidig bewegte sie sich aus der Kleidung heraus. Ihre nackten Beine glänzten im Licht. Sie warf die Stoffmontur mit einem leichten Tritt beiseite und schloss die Augen. Ihre Hände führte sie vor der Mitte ihrer Brust zusammen und atmete tief durch. Dann verharrte sie in einer Grätsche und schien eine meditative Konzentration zu praktizieren.

Jo sah auf ihren weißen Slip. Ihre nackten Beine standen wie zwei lange Scheren auf der Matte. Mit weit gegrätschten Beinen thronte sie wartend in der Mitte der Arena. Hunderte Augenpaare blickten hinab auf die Frau, die dort, nur mit Unterwäsche bekleidet, ihrem Gegner ausgeliefert war.

Und nun brach Sai endlich ihr Schweigen. »Jetzt beginnt der Todeskampf«, hörte Jo sie sagen. »Sie macht sich bereit zu sterben.« Jo schwieg. Wie hypnotisiert blickte er auf die Frau im Kessel und hörte Sais Stimme: »Sie legt ihren Anzug ab, weil sie jetzt ohne jeden Ehrenkodex kämpfen muss«, flüsterte Sai. »Nun ist frei. Kein Schutz. Keine Regeln. Keine Hemmungen. Sie darf den ersten Schlag ausführen. Alles.«

Jo musterte jedes Detail ihres Körpers. Ihre nackten Füße standen auf der Matte und er sah, dass ihre Fußnägel in einem leuchtenden Rot lackiert waren. Eine goldene Kette spannte sich um ihren rechten Knöchel. Jo betrachtete ihren Körper nun mit ganz anderen Augen, als er sonst eine Frau betrachtet hätte. Ihre Füße waren regelrechte Waffen, wie sie bereits eindrucksvoll bewiesen hatte.

Drohend verharrte sie im Licht. Ihre langen Beine bildeten eine weite Grätsche, mit der sie fest auf der Matte verwurzelt schien. Der Anblick ihrer Knie und ihrer Oberschenkel hypnotisierte Jo. Er blickte auf ihre schlanken Beine und es kostete ihn einige Kraft, seinen Blick endlich zur Seite zu wenden. Sais Kopf war dort nur noch schemenhaft auszumachen. Ihre Silhouette zeichnete sich vor der grauen Dunkelheit des Raumes ab fast unmerklich ab. Die Todesstille hatte alle Zuschauer im Raum erfasst.

Natürlich wusste Jo, wie sehnlich Sai eine Niederlage der Kämpferin wünschte. Er schwieg. Ganz leise flüsterte sie jetzt zu ihm: »Jo, sieh, er ist hier bei uns, direkt unter uns.« Jo konnte nicht sehen, was Sai tat, aber plötzlich hörte er ein leise klatschendes Geräusch. Es kam direkt von unten. Es musste von einem leisen Aufschlag auf der Matte stammen, als ob ein kleiner Gegenstand hinabgefallen sei. Am Geräusch konnte Jo erahnen, dass der Gegenstand nicht allzu schwer gewesen sein musste, aber aus festem Material. Er schlug unten zweimal auf dem Gummi auf. Ein fast beiläufiges Geräusch, aber Jo verstand sofort, was es bedeutete: Sai hatte einen Schlagring in den Kessel fallen lassen. Er sollte eine Waffe bekommen.

»Er wird es brauchen«, murmelte Sai. »Er muss einfach Hilfe bekommen.«

Auch wenn Jo in der Finsternis nichts erkennen konnte, hörte er jetzt, wie der Mann mit vorsichtigen Schritten näher kam. Der Ring konnte nicht weit in das Innere gefallen sein. Ein wischendes Geräusch verriet, dass er den Boden mit der Hand, oder möglicherweise dem Fuß absuchte. Als Jo hörte, wie der Mann zunächst geräuschlos verharrte und dann befriedigt ausatmete, wusste er: Der Kerl hatte den Schlagring entdeckt! Jetzt war die Paarung nicht mehr gleichwertig.

Als habe er durch die Bewaffnung endgültig Mut geschöpft, tauchte der Mann nun am Rande des Lichts auf. Er kam aus der Dunkelheit und umrundete in einem weiten Kreis die halb nackte Frau. Wenn er tatsächlich den Eisenring über seiner Faust trug, dann befand dieser sich wohl an seiner rechten Hand, die er etwas seitlich der Hüfte hielt. Der Mistkerl verdeckt ihn, dachte Jo empört. Am liebsten hätte er die Frau gewarnt, doch das hätte wiederum Sais Plan zerstört.

Tatsächlich hatte der Kämpfer den Schlagring über seine Faust gezogen. Jo sah ihn. Ohne Zweifel schätzte der Kämpfer seine Gegnerin für so gefährlich ein, dass er bereitwillig die Waffe angenommen hatte. Und er wollte von ihr Gebrauch machen, daran gab es keinen Zweifel.

Die Frau dagegen schien weder überrascht noch erschrocken über seine plötzliche Bewaffnung zu sein. Im Gegenteil: Ihre Selbstsicherheit schien unerschütterlich, obwohl sie jetzt ohne jede schützende Bekleidung seinen Angriff erwartete. Sie schien dieses Duell auf Leben und Tod genau zu kennen.

Die Karatefrau spannte ihren Körper an und federte breitbeinig in Verteidigungshaltung. Ihr Fäuste ließ sie dicht vor ihrem Kopf schweben. Sie fixierte jede seiner Bewegungen. Mit kühler Härte durchdrang ihr Blick die schlagbereiten Hände, die sie exakt in Blickrichtung bewegte. Sie taxierte ihren Gegner.

Mit Bedacht näherte sich der männliche Kämpfer. Sein Respekt vor der Frau war unübersehbar. Er wollte offensichtlich keinen weiteren Tritt von ihr zulassen, so, wie sie ihn in der Runde zuvor gelandet hatte. Er fokussierte ihren durchtrainierten Körper und kontrollierte dabei unablässig die Stellung ihrer Füße. Immer wieder tänzelte sie vor und zurück und variierte mit kurzen, täuschenden Sätzen ihre Position. Mal legte sie den rechten Fuß voran, dann rotierte sie um ihr Becken und zog wieder den linken vor. Für einen gewöhnlichen Boxer musste dieses Wechselspiel bereits dann eine unberechenbare Gefahr darstellen, wenn einzig mit den Fäusten gekämpft wurde. Hier aber, durch die ständige Drohung eines Fußangriffes, der frontal oder aus der Drehung rückwärts erfolgen konnte, blieb dem Boxer nur die schützende Distanz zur Gegnerin. Für ihn galt: Ausweichen, die eigene Kraft kontrollieren und die Lücke finden, durch die ein glücklicher Durchschlag möglich wurde. Wenn er siegen wollte, musste er taktisch vorgehen.

Die Beinarbeit war ihre Stärke. Er dagegen musste ganz auf die Wirkung seiner Fäuste setzen. Mann gegen Frau - das bedeutete hier: Faustschlag gegen Fußstoß. Noch einen gelungenen Tritt würde er vermutlich nicht überstehen. Er musste sie mit seinem Schlagring treffen, dann wäre sie sofort erledigt. Je schneller, desto besser.

Sein Schlag kam hart und tückisch. Ohne Ansatz peitschte seine Faust vor, doch die Frau wich genauso schnell zurück. Er schlug ins Leere. Der Metallbügel verfehlte dabei ihren Kopf nur um eine Handbreite. Sofort nutzte sie die weite Fläche, um mehrere Meter auf Distanz zu springen. Jo musste an eine Katze denken, die vor einem bissigen Köter fortsprang. Mit funkelnden Augen lauerte die Sportlerin in sicherer Entfernung. Als handele es sich um ein lockeres Aufwärmtraining, glitt die schwarzhaarige Kämpferin an den Rand der beleuchteten Fläche. Sie hatte Zeit.

Jetzt stand sie wieder völlig unbeweglich. Sie schien zu wissen, dass ihr männlicher Gegner von dem Anblick ihres Körpers gefangen sein würde. Mit einem durchdringenden Blick musterte sie ihn. Verächtlich ließ sie ihr Becken vorstoßen. »Komm, treff‹ mich doch«, schien sie zu flüstern.

Er hechtete auf sie zu. Mit aller Kraft versuchte er noch einmal, sie mit seinen schwingenden Fäusten zu erreichen. Gegen den Kopf wollte er sie schlagen. Er hielt seine linke Hand als Führungshand vor sich, um dann mit dem Eisenring in der Rechten tatsächlich zuschlagen zu können. Doch die Frau wich erneut geschmeidig aus. Gewandt tauchte sie ab, duckte sich unter seinem Hieb und ließ ihren Körper rückwärts gleiten. Sie wirbelte zur Seite, fauchte auf und sprang zurück. Mit mächtigen Schlägen sprang der Mann hinterher.

»Jetzt killt er sie«, zischte Sai. Fanatisch wiederholte sie diesen einen Satz. »Jetzt macht er sie endlich fertig.«

Die Frau auf der Matte kämpfte konzentriert und feuerte sich selbst durch wiederholte, spitze Kampfschreie an. Dann trat sie zu. Ihre Attacke traf ihn mit ungebremster Wucht. Krachend drosch ihr Fuß in seine Kniekehle; ein giftiger Tritt, schnell, wie der Stich eines Skorpions. Sein Schmerzensschrei explodierte in der gleichen Sekunde, wie ihr Kampfschrei den Fußstoß begleitet hatte. Taumelnd suchte er nach Balance, doch die Frau hatte so viel Druck in die Attacke gelegt, dass er ins Straucheln geriet.

»Heih!«, schrie sie und ließ ihren langen Unterschenkel zurückschnellen. Sofort suchte ihr Fuß ein neues Ziel, zuckte gezielt voran und stach ihm in die Rippen. Er knickte ein, schrie voller Schmerzen und spuckte aus. Und wieder trat sie zu. Mit dem Instinkt eines Raubtieres suchte sie nach seiner Schwachstelle. Und das war sein rechtes Kniegelenk. Sie trat gezielt zu. Einmal. Zweimal. Dreimal. Härter und zermürbender, als jede andere Waffe setze sie ihren nackten Fuß ein. Der Mann brüllte auf. Blitzartig drosch die Frau immer wieder auf sein Gelenk ein. In einer einzigen Sekunde spulte sie ein ganzes Repertoire von vernichtenden Tritten ab. Drei, vier, fünfmal stieß ihr linker Fuß auf ihn ein. Ihr Zopf schwang bei jedem Tritt um ihren Kopf, während sie mit dem nackten Fuß auf ihn einstach, wie mit einem Florett. Unter der Anstrengung glühte ihr Gesicht. Jetzt schien sie nichts mehr aufhalten zu können.

Jo war wie hypnotisiert von der ungezügelten Kraft der Kämpferin. Er sah, wie der schwarze Boxer humpelnd zurückwich. Er konnte offenbar mit seinem einen Bein kaum noch auftreten. Die Frau hatte ihm offenbar sein Kniegelenk schwer lädiert.

Mit hungrigem Blick begleitete sie seine Flucht. Nach einem Feuerwerk ihres Fußes, den sie spielerisch mehrmals vor und zurückzucken ließ, begann sie genüsslich, ihr Trittbein senkrecht in die Höhe zu strecken. Sie lächelte den Mann an, der sich mit schmerzverzerrtem Gesicht in sichere Entfernung gerettet hatte. Sie balancierte auf einem Bein und dehnte das andere geschickt nach oben. Es war mehr als nur eine Warnung an ihren Gegner. Es war der sichtbare Triumph einer Athletin, die allen zeigte, dass sie im Vollbesitz ihrer Kraft war - während ihr Gegner unter Schmerzen litt.

Jo blickte zu der bewegungslosen Sai. Sie sagte nichts. Es sah nicht gut aus für ihren Zari. Dieser stand keuchend einige Meter abseits und rang nach Luft. Er blickte gehetzt zu der Kampffrau, der es in wenigen Sekunden gelungen war, ihm eine weitere Lektion zu erteilen. Schmunzelnd lauerte sie mehrere Meter vor ihm gegenüber und beobachtete, wie er sich langsam wieder vor ihr aufbaute. Er keuchte. Er war verletzt. Jeder konnte es sehen. Er war müde. Langsam schleppte er seinen massigen Körper zur Mitte. Er versuchte, das Handicap seines verwundeten Kniegelenks zu überspielen.

Es dauerte nur kurz, bis die nächste Attacke der Gladiatorin erfolgte. Sie trat wieder schneller zu, als er reagieren konnte. Eine kurze Körpertäuschung genügte, um bei ihm einen Reflex auszulösen. Er riss die Arme in die Höhe, um seinen Kopf vor ihrem Fußballen zu schützen. Doch genau in diesem Moment nutze die Frau den Schwung ihres vorschnellenden Körpers, um ihn mit dem anderen Bein zu treten. Sie rammte ihm ihr spitzes Knie in den Magen. »Hei!«, schrie sie, als wollte sie ihn zusätzlich mit ihrer Stimme zerstören.

Diesen Kampftechniken war er nicht mehr gewachsen. Ein röchelnder Laut entfuhr ihm. Sie hatte perfekt getroffen. Ihr Bein hatte ihn wohl auf den Millimeter genau getroffen. Volltreffer.

Es war eine deutliche Demonstration ihrer Ausbildung. Alles stimmte: Timing, Kraft, Platzierung. Die Frau hatte ihr Bein punktgenau direkt auf seinen Solarplexus gestoßen. Er sackte auf der Stelle röchelnd zusammen. Es gab ein klatschendes Geräusch, als er mit den Knien auf die Matte stieß.

»Glückwunsch Madame«, hörte Jo die Stimme der blonden Frau hinter sich sagen. Er drehte sich um und sah die Blonde mit einem süffisanten Grinsen sagen: »Jetzt zerlegt sie ihn ganz langsam. Hoffentlich zeigt die Lady unseren Herren im Publikum mal, wie man einen Bullen knackt!« Ihre Vorderzähne blitzten wie bei einer beißenden Ratte auf.

Die Gladiatorin setzte tatsächlich sofort nach. »Asah«, schrie sie und rammte augenblicklich dem Mann ihren Ellenbogen ins Gesicht. Krachend landete ihr spitzer Knochen nach einer gekonnten Drehung ihres Oberkörpers auf seiner Backe. Sein Kopf flog zur Seite. Wie einen Schlagstock hatte die Kämpferin ihren Unterarm ausgefahren. Sie traf gut. Als wollte sie jeden Lügen strafen, der einen Tritt erwartet hatte, überraschte sie mit einem Angriff des Ellenbogens. Der Mann mochte es notwendig haben, sich mit einem Schlagring auszustatten, doch dieser Frau genügte eine geschickte Variation ihrer Kampfkunst, um aus ihrem Körper eine Waffe zu machen. Während er auf ihre Füße fokussiert war, hatte sie ihn mit dem Arm gekriegt. Touché!

Ihr schwarzer Zopf schwang in der Wucht des Ellenbogenstoßes nach vorn. Jo hörte den trockenen Knall, als ihr Knochen seine Schläfe traf. Sie hatte ihn dabei so spitz getroffen, dass er auf der Stelle Blut spuckte. Wie der Schweif eines Kometen flogen die Spritzer von seinem Kopf.

Auch Sai schrie auf. Schockiert musste sie die gelungene Attacke mit ansehen. Der Mann sackte unter dem Gejohle des Publikums zusammen und ging zu Boden. Sofort setzte die Schwarzhaarige nach. Sie nahm kurz Maß, zielt, und hämmerte ihm dann punktgenau den rechten Fußballen auf den Kiefer, zog ihr Bein zurück und trat sofort noch einmal aus steilem Winkel hinab in seine Magengrube. Er konnte nicht alle Teile seines Körpers gleichzeitig schützen, so rasend prasselten ihre Tritte auf ihn ein.

»Sie bringt ihn um!« jammerte Sai. »Verdammt, sie bringt ihn um!«

Auch die Blondine hatte das gehört. Sie tippte Jo aufmunternd auf die Schulter, als wolle sie ihn über ein kleines Malheur hinweg trösten: »Natürlich bringt sie ihn um. Das ist ihre Pflicht.«

Sai wippte nervös auf ihrem Sitz, die Hände in bleicher Verzweiflung an die Wangen gedrückt. Voller Hilflosigkeit starrte sie in den Kessel, der jeden Laut wie ein Trichter zu verstärken schien. Sais Stimme klang, als würde sie jeden Moment in ein Schluchzen überschlagen. »Die Schlange bringt ihn um. Oh mein Gott...«

Jo schwieg.

Jo blickte hinab. Die Kämpferin tanzte um ihren Gegner, der blutend am Boden lag und sich, wie ein Käfer auf dem Rücken zu wehren versuchte. Mit kurzen, giftigen Tritten malträtierte sie ihn.

»Jawohl! Gleich noch einmal«, feuerte die Blondine sie an. Für den Gladiator gab es kein Entkommen mehr. Es war nur noch eine Frage der Zeit, bis ihn die Kampfsportlerin zermürbt hatte. Sie sprang in die Luft, holte Schwung aus einem Meter Höhe und trat ihm im Niederstoßen mit aller Gewalt den Fuß auf den Hals. Ihr gesamtes Körpergewicht ließ sie ungebremst auf ihn herab fallen. Der Mann am Boden röchelte auf. Der niederstürzende Frauenfuß rammte so hart auf ihn, als sollte er einen regelrechten Abdruck auf der Matte unter ihm hinterlassen. Sie zermalmte ihn regelrecht. Jetzt war sein Widerstand gebrochen. Ohne zu zögern, glitt die Athletin über den Mann und ihre Füße kamen seitlich seiner Hüften zum Stehen. Einen kurzen Moment blickte sie auf den Wehrlosen hinab. Sie beobachtete seine Agonie. Jetzt war ihr großer Moment gekommen. Sie konnte sich aussuchen, wo sie den vernichtenden Schlag platzieren wollte.

Jo sah erschrocken, wie kaltblütig die Frau vorging. Obwohl er viele Meter von den Gladiatoren entfernt war, konnte er ihre ungezügelte Gewalt spüren. Die Todesangst des Mannes, der wehrlos unter der Frau lag, war für jeden in der Arena spürbar. Ehrfürchtig blickte er hinauf. Die Karatekämpferin holte kurz Luft und lächelte auf den Boxer herab. Dann ließ sie die Knöchel ihrer geballten Faust geradlinig von oben herab auf die Mitte seines Brustkorbes rammen.

»Haih«, reflektierte ihr Schrei knallend durch den Kessel. Es war der Ruf einer Kriegerin, die ihr Opfer endgültig zerstören wollte. Punktgenau traf die weibliche Faust ins Ziel. Der Mann wippte unter dem Schlag wie ein lebloses Stück Fleisch, als sie ihre Faust in seinen Körper versenkte. Sie schrie fauchend auf und ließ den Fauststoß wie eine Ramme niederstampfen. Ein kurzer Laut des Erstickens entfuhr ihm. Er röchelte.

Zufrieden erhob sich die Karatefrau. Sie hatte ganze Arbeit geleistet. Jos Atem stockte. Nun schien alles entschieden. Zwar war der Mann noch bei Bewusstsein, aber es war nur noch eine Frage der Zeit, bis die Entscheidung fallen musste.

Nun war es sehr still in der Arena geworden. Jeder wusste, dass das letzte Kapitel des Abends begonnen hatte. Die Gladiatorin gewährte dem Verlierer eine Gnadenfrist. Mit lebhaften Augen hatte sie sich erhoben und blickte in die Menge. Sie schritt in einem weiten Halbkreis um den Mann. Er lag am Boden, wimmerte und keuchte. Er musste starke Schmerzen haben. Blut rann aus seinem Mund und er krümmte sich, wie ein Insekt.

»Komm Zari, steh auf«, hörte Jo die flehende Stimme von Sai. »Halte durch. Es darf kein schnelles Ende geben!« Doch Jo sah, dass es kaum noch Hoffnung für den Mann gab. Benommen vom Schmerz, versuchte er auf Distanz zu kriechen. Er schaffte es robbend einige Meter zur Seite. Blutspuren schmierten über sein Gesicht. Es gab keinen Ausweg. Alle Tore blieben verschlossen.

Jo blickte zu Sai. Sie schien ruhig auf ihrem Platz zu sitzen, so weit er dies in der Dunkelheit ausmachen konnte. »Hey, Sai«, flüsterte er, aber sie schwieg. Es war gespenstisch, wie die aufgekratzte und lebenslustige Sai, die er erst vor einer Stunde kennen und lieben gelernt hatte, zu einer schweigsamen Schattengestalt geworden war. Voller Unruhe blickte Jo in die Runde.

Unten auf der Kampffläche rang der Mann immer noch mit dem Schmerz, den ihm die Frau zugefügt hatte. Die Kämpferin schritt in ihrer spärlichen Bekleidung gemächlich durch den Raum. Sie war im Vollbesitz ihrer Kräfte. Jo sah ihre schlanke Gestalt, wie sie durch die Arena stolzierte. Während sich der blutende Zari am Boden krümmte, schöpfte sie neue Kraft. Sie schüttelte ihre Beine, ihre Füße, als gelte es, eine Verspannung zu lockern. Die Muskeln ihrer Beine glänzten im Licht des Scheinwerfers. Jetzt hatte sie alle Zeit der Welt. Sie hätte noch stundenlang durch die Arena schreiten können. Mit jeder Sekunde wurde sie stärker. Niemand lief ihr weg.

Als sie an der Stelle angelangt war, an der sie ihren Karateanzug abgelegt hatte, ging sie langsam in die Hocke. Sie griff in den Berg des weißen Textils. Dann hatte sie gefunden, wonach sie gesucht hatte: Vorsichtig hob sie ihren Karategürtel auf. Sie zog das schwarze Stoffband zwischen ihren Fingern glatt und begann dann, die Enden mit sorgsamen Bewegungen um ihre Hände zu wickeln. Zwischen ihren Händen ließ sie einen guten Meter als ein gerades Band laufen. Dann spannte sie den Gürtel mit einem peitschenden Knall straff. Die Muskeln ihrer Oberarme spannten sich, als sie den

Zug des Bandes zwischen ihren umwickelten Fäusten zum Anschlag brachte. Jetzt besaß *sie* eine Waffe.

28. Unter dem Vulkan

Sandra streichelte Amy, die erschöpft von der Tür herab gesunken war. Das Gesicht der Kleinen war von Tränen klebrig geworden. Eine ganze Weile lagen die Frauen so am Boden. Sie lauschten, ob oben die Trommeln wieder einsetzen würden.

»Willst du gar nicht den Kampf sehen?«, flüsterte Sandra. Amy lag jetzt mit dem Rücken auf ihrem Schoss und hatte die Augen geschlossen. »Ich glaube, heute könnte es im Kessel mal wieder spannend werden. Anoje hat diesen plumpen Bullen reingeschickt. Keine schlechte Idee eigentlich. Er ist stark und wird sich vielleicht halbwegs gut machen. Er scheint ja auch schon recht lange durchzuhalten. Am Ende gewinnt er gar...« Sie kicherte. »Vielleicht verpassen wir etwas?«

Amy blickte glasig zur Decke. »Ich sehe es mir nachher auf dem Bildschirm an. Da kann ich die wichtigen Stellen in Zeitlupe sehen.« Sie seufzte.

Sandra streichelte ihr das immer noch glühende Gesicht. Amys Nase sah besonders hübsch aus, wenn man sie direkt von oben betrachtete.

»Hast Du Lust, Schwimmen zu gehen?«, fragte sie und rutschte, ohne auf eine Antwort zu warten, unter der Liegenden heraus. »Das Wasser ist heute ziemlich warm. Guck' mal!« Sandra war zum Steg gegangen und stippte ihren Fuß ins Wasser. Sämtliche Stege waren so flach angelegt, dass sie nur wenige Zentimeter über der Oberfläche lagen. »Wenn oben eine Veranstaltung läuft, glühen die

Reaktoren auf Hochtouren. Das macht den See noch milder.« Zum Beweis schwang sie ihren Fuß ins Wasser und spritzte hinüber zu Amy. »Komm schon, Rennschnecke! Wer zuerst drüben ist, gewinnt!«

Amy blickte glücklich aber faul. Sandra erwiderte ihren Blick mit milder Strenge: »Ich kann dich auch hineinstoßen.«

Amy sah sie aufmüpfig an und quakte: »Mensch Boss, für eine moderne Chefin bist du aber wirklich ziemlich streng...«

»Strafe muss sein.«

»Ziehst du dich auch aus, oder soll ich hier als Einzige im Höschen herum hopsen?« Amy guckte ehrlich empört.

»Na, mach mal«, sagte Sandra.

Amy stand auf und kam näher. Sie legte ihre Hände auf Sandras Hüften und strich ziemlich mutig über Sandras Hintern. Dann ging die Kleine in die Hocke und fasste sie unter dem Kleid an die Innenseite Ihres Oberschenkels. Sandra spürte Amys Finger, wie sie über ihre Beine glitten. Die Rennschnecke war wirklich kein Kind von Traurigkeit. Amy brauchte nicht lange, und auch Sandra stand in Unterwäsche da.

»Ich glaube, die Tür ist ein wenig verbogen«, sagte Amy, als sie etwas ratlos ihr Werk vollendet hatte. Sandra griff sie bei den Händen und begann, rückwärts den Steg entlang zu laufen. Sie zog Amy mit sich und sagte: »Die Tür macht dir Sorgen?« Sie lachte und lief schneller. »Na, wenn dieser Zari heute tatsächlich das Karate-Girl erledigt, kann der die ja morgen reparieren.«

»Ja, das wäre gut«, sagte Amy und wurde von Sandra fortgezogen. Beide stolperten immer schneller rückwärts. Sandra riss die Schnecke mit sich, bis sie endlich ins Wasser stürzten. Es war wirklich wunderbar warm.

29. Der Gürtel

Die Karatefrau kam mit dem Gürtel in ihren Händen dem knienden Mann näher. Kampflustig leckte sie sich über die Lippen, drehte sich behutsam um und beobachtete ihren Gegner. Dann huschte sie aus seinem Blickfeld und näherte sich ihm mit schnellen Schritten von hinten.

Als Jo erkannte, was die Frau vorhatte, schrie er unwillkürlich auf. Der Schreck über die Gefahr, in der sich sein Geschlechtsgenosse befand, ließ ihn entsetzt nach Luft schnappen. Gleichzeitig spürte er, wie sich eine Hand auf seine Schulter legte. Es war die blonde Frau hinter ihm, die sich dicht an sein Ohr gebeugt hatte. Ihre Stimme war so leise, dass sie nur in Jos Kopf zu existieren schien: »Entspann Dich.« Jo atmete schwer, ohne den Blick von der Matte abwenden zu können. »Hast du noch nie in deinem Leben eine Hinrichtung gesehen?« Jo konnte nicht antworten. Und die Stimme fuhr fort: »Er hat eine faire Chance bekommen. Er hat sie nicht genutzt. Jetzt wird sie *ihre* Chance nutzen. Sieh hin! Hier kannst Du etwas lernen.« Die Blonde küsste Jo auf den Hals. »Sieh es dir ganz genau an - und lerne. Vielleicht wirst du es auch einmal gebrauchen können.«

Die halb nackte Kämpferin sprang hinter den Boxer. Sofort zog sie die Schlinge um seinen Hals. Eine Windung reichte. Sie spannte das Seil straff. Der Boxer keuchte und bäumte sich zappelnd auf, doch die Schlinge saß fest. Konzentriert erhöhte die Frau den Zug. Er zappelte wie ein Fisch im Netz. Die Frau dagegen hatte festen Stand. Unnachgiebig zog sie den Gewürgten zwischen ihren Oberschenkeln in die Höhe. Ihre Willenskraft entlud sich in einem triumphierenden Kraftschrei. Dann drückte sie ihr linkes Knie von hinten zwischen seine Schulterblätter. Sie legte ihr gesamtes Gewicht auf die Spitze ihres Gelenks und presste den Gladiator zu Boden. Sie nagelte ihn förmlich auf die Matte.

In einem Reflex hatte er es noch geschafft, zwei Finger zwischen seinen Hals und das Stoffband zu schieben. Vielleicht war dies der rettende Spalt, der ihm Luft verschaffen konnte. Aber es sah nicht gut für ihn aus. Die Frau kontrollierte seine Strangulation mit unbarmherziger Kraft. Jetzt zog sie seinen Kopf mit der Schlinge in die Höhe, verstärkte gleichzeitig mit dem Knie den Druck von hinten, sodass er hilflos ein Stück von der Matte angehoben wurde. Jo sah, wie neben ihm einige Frauen Fotoapparate hervorholten. Diesen Moment wollten alle im Bild festhalten. Und je mehr Blitzlichter von den Rängen herab in die Arena schossen, desto höher zog die Gladiatorin den gewürgten Mann nach oben. Morgen würde es jeder in der Stadt sehen können. Waild setze ein Lächeln auf. Dabei beobachtete sie, wie ihr Gegner in Todesangst um sich zu schlagen begann. Er zappelte, zuckte und packte mit seiner freien Hand nach ihrer Wade. Er schlug panisch gegen ihren Fuß, der neben ihm auf der Matte stand. In einem regulären Kampf, so wie ihn Jo aus seiner Heimat kannte, wäre dies das Zeichen zur Aufgabe gewesen. Man hätte sofort abgebrochen. Doch hier galten andere Regeln.

Keine.

Die Frau zog die Schlinge zu. Der Mann hatte keine Chance. Und die Auslöser der Fotoapparate ratterten wie Maschinengewehre.

Zu Jos Erleichterung öffnete die Kämpferin jedoch plötzlich den Griff. Nach endlosen, für den Mann qualvollen Sekunden, lockerte sie jetzt die Schlinge. Mit einer verächtlichen Geste warf sie das Band fort und stieß den Röchelnden nieder. Sie brauchte nur einen kurzen Beckenstoß, um ihn von sich zu schleudern. Er klatschte frontal mit dem Gesicht auf die Matte und japste, wie ein Fisch auf dem Bootsdeck.

Auch die Kämpferin presste ihren Atem aus, aber voller Triumph. Sie strich sich die Haarsträhnen glatt, die sich aus ihrem Zopf gelöst hatten. Auch wenn sie keine Verletzungen erlitten hatte, war sie von der Anstrengung des Kampfes gezeichnet. Eine dünne Blutspur rann aus ihrer rechten Augenbraue und mehrere dunkle Flecken lagen über ihrem Körper verstreut. Sie drückte den Rücken durch und zog sich ihren verrutschten Slip zurecht. Dann massierte sie die geröteten Knöchel ihrer Schlaghand. Wie ein hungriges Tier blickte sie zu dem Mann hinüber, der sich tatsächlich noch einmal aufgerichtet hatte. Er würde jetzt leichte Beute für ihren letzten Angriff sein.

Zari spuckte Blut. Um seinen Hals zeichneten sich rote Striemen ab. Er blickte seiner Gegnerin direkt in die Augen.

Erneut rief die Blondine hinter Jo ein paar fröhliche Ermunterungen: »Komm Mädchen, jetzt zeige ihm deine feminine Seite.«

Aus mehreren Metern Distanz fixierten sich die Kontrahenten in tödlichem Ernst. Es war offensichtlich, dass der Mann Erholung brauchte, während die Frau unverletzt und voller Energie tänzelte. Sie funkelte ihn böse an. Die Anstrengung hatte ihren Körper mit glitzernden Schweißperlen überzogen.

Der Boxer schluckte. Auch wenn er dazu ausgebildet sein mochte, eine Frau als gleichwertige Gegnerin im Nahkampf zu akzeptieren, so schien sie jetzt seine Widerstandskraft endgültig zu brechen. Er spuckte rhythmisch seinen Atem aus und starrte auf die Finger der Frau. Zu einem Angriff war er nicht mehr fähig. Er brauchte Zeit, um Kraft zu schöpfen. Jede Sekunde, die er ohne neue Attacke überstehen würde, steigerte seine Hoffnung auf eine winzige, letzte Chance.

Die Kämpfer standen jetzt nur noch knapp zwei Meter voneinander entfernt. Der Mann rang immer noch nach Luft. Die Frau dagegen observierte ihn voller Angriffslust. Ihre Hände hielt sie, wie zum Schutz mit ausgestreckten Fingern vor ihrem Slip verschränkt. Er blickte gebannt, wie sie ihr Becken herausfordernd gegen die Handflächen drücken ließ. Herausfordernd sah sie ihn an. In einem Bogen führte sie die Hände langsam zur Seite, dehnte ihren Brustkorb in einem Atemzug und hob ihre Arme senkrecht über den Kopf. Der Mann blickte wie gebannt auf dieses majestätische Emporsteigen ihrer Fingerkuppen. Jetzt, wo sie so ruhig stand, konnte er durch den gespannten Stoff ihres Slips erahnen, dass ihr Schamhaar wie ein schmaler Streifen ihre Vagina überzog. In der Mitte des Dreiecks, das sich zwischen ihren Schenkeln spannte, war die Silhouette eines Drachens zu sehen. Symbol für Unbezwingbarkeit und höchste Reife im Karate.

Als der Kämpfer wieder in ihre Augen blickte, schien sie ihm mit einem angriffslustigen Aufblitzen zu signalisieren, dass er ihre Hände nicht aus dem Blick verlieren dürfe. Wie zur Bekräftigung streckte sie die Zeigefinger über ihrem Kopf in die Höhe. Als wolle sie zur Achtung rufen, zeigte sie nach oben, reckte ihren gesamten Körper und balancierte auf Zehenspitzen. So gelang es ihr tatsächlich, seinen Blick in die Höhe zu ziehen.

Das war die Falle.

Als er für einen kurzen Moment gegen die Hallendecke blinzelte und für eine Sekunde vom Licht geblendet wurde, schnappte sie zu. Die Tigerin fuhr die Krallen aus.

Wie eine Katze tauchte die Frau abwärts; duckte sich elastisch in die Hocke und ließ ihre rechte Hand wie ein Fallbeil hinab schneiden. Im Fallen wirbelte sie mit dem Rücken zu ihrem Gegner und drosch ihm zugleich die nach hinten schlagende Handkante in die

Hoden. Der Schwung war vernichtend. Die Finte geglückt. Sie traf ihn direkt auf seine empfindlichste Stelle.

Mann gegen Frau. Es gab keine Gnade. Die Sportlerin bewies ihrem Publikum, dass sie dem Mann in jeder Hinsicht überlegen war. Er hatte seine Chance gehabt - er hatte sie nicht genutzt. Er knickte blökend ein, aber er schaffte es, auf den Beinen zu bleiben. Er schwankte, wie ein morscher Baum, weigerte sich aber, zu fallen. Mit letzter Entschlossenheit hob er noch einmal die Fäuste vors Gesicht. Er würde nicht aufgeben. Niemals. Vor ihm federte die Karate-Boxerin schweißüberströmt und konzentriert. Als sie sah, dass er sich noch einmal dem Schlagabtausch stellen wollte, hob auch sie ihre Fäuste in die Höhe. Er sollte sein letztes Duell bekommen.

Dann schoss sie wie eine Sprinterin auf ihn zu. Sie nutzte den Anlauf, um Geschwindigkeit aufzunehmen. Mehrere Meter vor ihm sprang sie empor und schlug ihm mit einem spitzen Kampfschrei von oben herab fallend die Faust direkt zwischen die Augen. »Kiajh!«

Es gab einen trockenen Knall, als sie ihn wie mit einem Stein traf. Ihr Sprung hatte sie fast zwei Meter in die Höhe katapultiert. Aus dieser überraschenden Höhe hatte sie den Punktschlag niederkrachen lassen. Wie ein vernichtender Stempel aus großer Höhe rammte die Frauenfaust auf seine Stirn. Mit solch einer enormen Sprungattacke wäre auch ein ausgeruhter Gegner überwältigt worden. Das krachende Geräusch machte die Wucht des Treffers für alle in der Arena hörbar.

Noch im Sturz packte sie seinen Unterarm. Beide Kämpfer fielen keuchend zu Boden. Sie hielt seinen Arm gepackt und dreht ihn schnell zwischen ihren glänzenden Beinen zur Seite. Er war in dem Judogriff sofort gefangen. Gedehnt schrie er auf, Blut schoss aus seiner Nase. Er wand sich verzweifelt in ihrem Griff und zappelte wie ein Fisch am Haken.

Sai hatte auf der Tribüne all die Attacken sprachlose mit ansehen müssen. Bleich vor Entsetzen hielt sie die Hand vor den Mund. Jeder in der Arena hörte nicht anderes, als die Schmerzensschreie eines Mannes, dem von einer Kampfsportlerin unbarmherzig die Sehnen überdehnt wurden. Für jeden in der Halle war deutlich zu sehen, dass die Frau ihm auch im Bodenkampf an Technik überlegen war. Die Kämpferin schlang sich kraftvoll und um ihn, und es war offensichtlich, dass sie ihren Judohebel bis zum Reißen seiner Sehnen fortsetzen würde. Ihre nackten Beine presste sie auf seinen Oberkörper, gleichzeitig hielt sie seinen Arm gepackt und verdrehte ihn am Handgelenk. Sie fixierte seine Hand zwischen ihren Brüsten, während ihr rechtes Bein unbarmherzig in seine Kehle drückte.

Er schrie. Sein Schmerz musste unbeschreiblich sein. Er röchelte. Seine Gegenwehr war verzweifelt und schwach. Hilflos musste er erleben, wie sein Arm in der Schere der Frauenbeine überdehnt wurde. Dann hob sie druckvoll ihr Becken an.

Der Mann brüllte auf. Seine Peinigerin hatte sein Schultergelenk mit dem Beckenstoß überdehnt. Sie beobachtete, wie der zappelnde Mann unter den Schmerzen wimmerte. Die Zuschauer in der Arena beobachteten mit eisigem Schweigen, wie sie ihm den Arm immer weiter verdrehte. Sein Ellenbogen drückte mit schwacher Gegenwehr auf ihren Slip. Lachend blickte sie gegen die Hallendecke. Dies würde ihr nicht schaden. Sie bog ihren Oberkörper zum Hohlkreuz und drückte ihren Unterleib fest gegen sein Armgelenk. Gleich würde es brechen.

»Los, knack den Sportsfreund«, kamen die Anfeuerungen von den Rängen. »Mach ihn richtig weich!«

Er schlug mit seiner freien Hand hilflos auf das Frauenbein, das ihn am Hals zu Boden drückte. Es war hoffnungslos. Die Sportlerin fauchte heiser auf. Ihr Schrei klang bestialisch. Auch der Mann brüllte. Er hatte keine Chance, aus dem Hebel zu entrinnen. Hilflos zappelte er in der Beinschere. Sehr langsam erhöhte sie den Druck, bis seine Knochen nachgaben. Ihr rechtes Bein schlang sich um seinen Hals, wie eine Würgeschlange, die ihre Beute zerquetschte. Dann gab es ein kurzes, knirschendes Geräusch.

Jo wandte sich ab. Ihm wurde schlagartig übel.

Die Kämpferin brach dem Mann den Arm. Jo starrte hinab. Sie benötigte nur einen kurzen Moment, um sich aufzurichten und dem Mann ihr Knie auf den Hals zu drücken. Jetzt wurde er sehr langsam stranguliert.

»Sie dreht ihm den Hahn ab«, hörte Jo die Stimme der Blondine. »Das Girl ist wirklich gut.«

Es dauerte nicht lange, bis seine Zuckungen erlahmten. Dieser Würgetechnik hatte er nichts mehr entgegenzusetzen. Sein gebrochener Arm ragte grotesk abgewinkelt auf die Matte. Es war vorbei.

30. Delfine

Amy schwamm queer durch den dampfenden See - und Sandra folgte, so gut sie konnte. Auch im Wasser legte die Kleine ein beachtliches Tempo vor, fand Sandra. Das Wasser besaß eine so angenehme Temperatur, dass die beiden am liebsten die ganze Nacht über darin geblieben wären. Sandra war nicht besonders neugierig, den genauen Ausgang des Kampfes oben zu erfahren. Die Trommeln hatten ihr bereits verraten, dass dieser Zari sich relativ lange gehalten haben musste. Das war schon einmal gut. Alles Weitere war reine Formsache. Diese Waild war allererste Klasse, die würde am Ende kurzen Prozess mit dem Kerl machen. Das war so sicher, wie das Amen in der Kirche. Sandra schwamm völlig entspannt hinter der Schnecke her. Die Beinchen der Kleinen interessierte sie jetzt wesentlich mehr.

Amy hatte es mal wieder eilig. Sie schwamm viel schneller als Sandra, wie immer wollte sie alles flott hinter sich bringen, um am Ende mehr Zeit zum Faulenzen rauszuschlagen. Sandra tauchte ab, sie bildete sich ein, sie könne dadurch wie ein Delfin unter der Oberfläche ein höheres Tempo erreichen. Mit schnellen Schwimmstößen versuchte sie, aufzuholen und einen von Amys Füßen irgendwie mit der Hand zu erreichen. Als es ihr gelang, war die Rennmaus bereits am Steg angelangt. Sandra packte dennoch ihren Knöchel und zog vorwurfsvoll an ihrem Bein.

»Habe ich dich doch erwischt?«

Amy gluckste. Sie war kitzelig. Ihre Stimme hallte in schwappender Lustigkeit von der Decke zurück. Sandra fühlte ihren hübschen kleinen Fuß, der sich glitschig zwischen ihren nassen Fingern wand. Niedlich war sie. So jung noch... Sandra seufzte. Mit der anderen Hand schnappte sie nach dem zweiten Knöchel der Kleinen.

Das Wasser spülte fröhlich um Sandras Schultern, und während sie noch immer im See strampelte, war Amy auf dem Steg nur wenige Zentimeter über den Wellen zum Sitzen gekommen. Sandra hielt sich an ihren Knöcheln fest, als benötige sie eine Art von Haltegriffen. Amy gluckste vor Vergnügen. Nein, sie würde sich nicht noch einmal ins Wasser ziehen lassen, genug des Badens, sie hatte es eilig und wollte nach oben. Fernsehen und dabei auf der Couch etwas in sich hineinstopfen. Sandra kannte ihren Lebenswandel.

»Momentchen, junge Frau«, protestierte Sandra aus dem Wasser, »wir sind hier noch nicht fertig.« Sie zog Amys braune Beine zu den Seiten und blickte sie aus strengen Augen an. »Hat der kleine Torpedofisch eigentlich gar keine Angst?«, fragte sie mit ernster Miene.

Amy kicherte. Torpedofisch, das war gut. »Äh, Angst...« nörgelte sie. »Vor was denn?«

»Angst vor den Ungeheuern der Tiefsee...«

Sandra versuchte, sich nicht von Amys zappelnden Füßen abschütteln zu lassen.

»Was denn für Ungeheuer?« quakte die Kleine.

»Na, die Seeungeheuer hier, die aus den Algen rauskommen!« Sandra gab sich einige Mühe, einen möglichst beängstigenden Ton in ihre Stimme zu legen. »Hier gibt es einige Schlingpflanzen«, munkelte sie weiter, »aus denen die berüchtigten Schnappkarpfen auftauchen können.«

»Was für Viecher?«

»Schnappkarpfen. Kennst' Du nicht?«

»Nee«, protestierte Amy. Sie wollte fernsehen.

»Mit denen ist nicht zu spaßen, mein Fräulein.« Sandra nahm einen Schluck Teichwasser und spuckte es mit einem spitzen Strahl in Richtung von Amys Bauch. »Die berüchtigten Schnappkarpfen«, fuhr sie fort, »sind zahnlose Ungeheuer, die gar nicht mal so harmlos sind, wie einige junge Damen zunächst glauben könnten.«

Amy kicherte.

»Die Schnappkarpfen können sich nämlich überaus gefährlich ansaugen«, sagte Sandra und ließ einen weiteren Wasserschwall in ihren Mund fluten. Amy guckte jetzt ehrlich verblüfft. Sandra zog sich etwas dichter zu sich heran, denn Amys Wedeln mit den Füßen hatte sie immer noch nicht abschütteln können. Sie saß kichernd oben auf dem Steg und blinzelte zu Sandra hinab, wo das dunkle Wasser um ihre Schultern schwappte.

»Zahnlose Karpfen, igitt...«, grunzte Amy.

»Ja, die sind nicht so ganz ohne. Das Beste ist, man unternimmt rechtzeitig eine Art Abhärtungsprogramm, damit man sich an sie gewöhnt.« Sie schob ihren Mund direkt an Amys linken Oberschenkel. »Sonst sind diese Viecher in der Tat ziemlich unangenehm.« Nachdem sie das gesagt hatte, küsste sie Amys Bein. Zunächst mit geschlossenen Lippen. Die Jugend durfte man nicht verschrecken.

Amy lächelte schelmisch. Ja, das gefiel ihr.

»Zu dem Abhärtungsprogramm gehört natürlich auch, dass man sich ganz ruhig hält.« Sandra schob ihre Lippen vor und biss mit demonstrativer Zahnlosigkeit in Amys Oberschenkel. Sandra ließ ihren Mund weit aufschnappen, wobei sie darauf achtete, das Bein der jungen Frau tunlichst nicht mit den Zähnen zu berühren. Die Lektion gegen Haifische kam ein andermal. Heute trainierte sie nur den Kampf gegen Karpfen. Sie saugte.

Und die Kleine fiepte. Langsam arbeitete Sandra sich höher und ließ ihre Zunge sehr spitz und präzise werden, bis sie damit irgendwann Amys Scham erreichte. Sie küsste behutsam, als klopfe sie an eine Tür und bitte um Einlass.

Und Amy öffnete.

Sandra leckte sie lange, das hatte die Kleine verdient. Ab einem gewissen Punkt stieß Amy zunächst sehr leise, dann immer höhere, pfeifende Laute aus, wie ein Delfin auf hoher See. Sie piepte, als wären die Ungeheuer sämtlicher Weltmeere gleichzeitig in sie gefahren.

31. Der Sieger

Mit einer schnellen Rolle rückwärts befreite sich die Kämpferin von ihrem leblosen Gegner. Sie schnellte in die Höhe und wischte sich den Schweiß von der Stirn. Sie glänzte am gesamten Körper. Sie hatte ihren Gegner nach allen Regeln der Kunst erlegt. Bravo, dachte Jo.

Er starrte hinab. Es war sehr still. Als die Siegerin aufrecht stand, bemerkte Jo, wie stark auch sie von der Anstrengung des Kampfes mitgenommen war. Aus ihrem linken Mundwinkel lief eine Spur von Blut. Ihr Zopf hatte sich zum Teil aufgelöst und einige ihrer Haare fielen jetzt in Strähnen über ihre Schultern. Ihr Gesicht war von einer kreatürlichen Wildheit gezeichnet, als hätte der Kampf ihre tiefsten, animalischen Instinkte hervorgebracht. Sie riss den Mund auf, schnappte nach Luft und leckte sich über die Zähne. Triumphierend reckte sie die Arme in die Höhe. Die Finger beider Hände spreizte sie zu Zeichen des Sieges und sprang dabei einmal kurz in die Höhe. Jeder sollte sehen, dass sie die Siegerin war. Diese Nacht gehörte ihr.

Der Endkampf hatte einige Meter außerhalb des Zentrums stattgefunden. Nun verließ die Siegerin mit ruhigen Schritten langsam ihren getöteten Gegner, der leblos und ein wenig in die Matte hinein gedrückt am Boden lag. Die Frau schritt mit stolzer Brust zur Mitte des Kessels. Der Raum gehörte nun ihr alleine. Sie schüttelte die Füße, als müsse sie eine Verspannung aus den Beinen fortschleudern. Sie lächelte nicht. Ihr gesamter Körper glitzerte voller Schweißperlen und auch ihr Büstenhalter klebte jetzt transparent auf ihrer Haut. Er ließ jetzt die Rundung ihrer Brüste durchscheinen. Ihr Atem ging schwer. Jeder konnte sehen, dass es sie die letzten Kraftreserven gekostet haben musste, den Mann zu besiegen. Sie sog gierig nach Atemluft. Der Schweiß lief über ihren athletischen Körper. Jo sah, dass auch der Stoff ihres Slips durchscheinend geworden war. Als wäre sie völlig nackt, schimmerte die Schraffur ihres Schamhaares hindurch. Auf den Rängen surrten die Fotoapparate.

Von hinten drang wieder die Stimme der Blonden an Jos Ohr: »Dame schlägt Springer. Schachmatt, durch die Dame im Spiel.«

Als die Siegerin in der Mitte angekommen war, hob sie demonstrativ den linken Fuß vom Boden, und setzte ihn behutsam auf jene weiße Markierung, die zu Kampfbeginn für sie reserviert war. Einen Moment lang balancierte sie auf einem Bein und gab den Fotografen so die Chance, diesen Moment für die Ewigkeit festzuhalten. Morgen würde ihr Bild alle Nachrichten schmücken. Ein Zeugnis ihres Triumphs - ebenso wie eine Herausforderung an einen nächsten Gegner. Welcher Mann würde den Mut haben, Revanche zu wagen?

Dann drehte die Siegerin ihren Körper diagonal und blickte mit hochgerecktem Kinn zur Galerie hinauf. Sie zeigte mit den Zehen ihres rechten Fußes abwärts auf die schwarze Markierung. Dies war zu Beginn die Position ihres Gegners gewesen. Energisch ließ sie nun ihr Gewicht niederfallen und setzte ihren zweiten Fuß auf diese Markierung. In einer breitbeinigen Grätsche verband sie beide Positionen. Nun gehörte auch sein Platz ihr.

Jetzt erst setzte der Applaus ein. Alle Zuschauer erhoben sich auf den Tribünen, um mit stehenden Ovationen das Ende zu feiern. Der Sieger war eine Frau. Sie hatte ihren Gegner nach allen Regeln der Kunst zerlegt. Weiss schlägt Schwarz. Schachmatt, durch die Dame im Spiel. Die Halle bebte.

Sai blieb stumm. Im Donner des Applauses war sie regungslos auf ihrem Platz in sich gesunken. Der Ausgang des Kampfes musste sie in tiefste Trauer gestoßen haben. Nach einer Weile stand sie auf und lehnte sich mit nachdenklichem Blick über das Geländer. Benommen blickte sie auf den toten Mann. Sein Arm mit dem Schlagring war auf erschreckende Weise zur Seite geknickt. Auch sein Kopf lag in einem grotesken Winkel verdreht.

»Sai, es tut mir so leid«, stotterte Jo. Auf eine unsagbare Weise fühlte er sich verantwortlich für den Ausgang des Kampfes. Ja, er hatte für die Frau gehofft - dass lag in seiner Natur. Was hätte er auch tun sollen? Er wusste nicht, wie er Sai nun aufmuntern sollte. Er fühlte sich von dem Spektakel wie benommen.

»Ach, Jo«, seufzte sie, »hast Du immer noch nicht verstanden?« In ihren Blick mischte sich jetzt Mitleid mit einem Anflug von Entrüstung. »Nicht *ich* muss dir leidtun... Schau dich doch einmal um.«

Jo verstand nicht, was sie meinte. Er sah sie fragend an.

»Jo, du hättest niemals hier sein dürfen.«

Warum sagte sie das, fragte sich Jo. Wieso hätte er nicht herkommen sollen? Sie hatte ihn doch schließlich eingeladen. Sie hatte ihm die Karte mit der Wegbeschreibung gegeben. Sie hatte mit einer Freundin am Tisch gesessen, beide hatten getuschelt. Schließlich hatte die Fremde auf ihn mit dem Finger gezeigt und Sai die Karte gegeben. Jo hätte diesen Anblick niemals vergessen. Wie die fremden Frauen sich um ihn zu reißen schienen. Vermutlich hätte die andere Frau ihn ebenso gerne kennengelernt.

Und dann war er auf Sais Einladung den ganzen, weiten Weg gewandert. Für sie hatte er alle Barrieren überwunden. Beinahe hätte ihn sogar ein Tiger verspeist. Aber Jo hatte das Unmögliche geschafft und gegen jede Wahrscheinlichkeit die Nachtstadt erreicht. Er blickte ratlos in Sais Gesicht. Auf der anderen Seite des Kessels hatten sich bereits die Zuschauer erhoben.

»Sai, was meinst Du damit, dass ich Dir leidtue? Der Mann war doch dein Favorit. Ich bin nur ein Fremder, der nichts von euren Sitten versteht.«

»Das ist es ja. Ich habe nur deshalb für Zari gehofft, um Dir eine Freude zu machen. Ich dachte, du hältst dann vielleicht auch zu ihm.« Sie streichelte ihn liebevoll. »Weil er doch genau so war«, sie machte eine melancholische Pause, »wie du.«

Jo blickte verständnislos.

Sie legte den Kopf ein wenig schräg, als müsse sie ein Kind trösten, dem ein Missgeschick widerfahren ist. »Niemand hier hofft ernsthaft für einen männlichen Kämpfer. Die Regierung wünscht, diese Hinrichtungen in großem Stil zu präsentieren. Und ich habe nur so getan, als habe der Kerl eine Chance. Um dir die Umstellung leichter zu machen. Bitte verzeih' mir.«

Sai blickte sehr ernst. Jetzt erst spürte Jo, dass er all die Zeit, die er in der Arena verbracht hatte, etwas nicht bemerkt hatte. Er sah zu den Logen hinüber. Eine Gruppe von Frauen in Abendkleidern schwenkte dort ihre Gläser. Sie leerten die letzten Reste. Zwei von ihnen hielten sich eng an den Schultern umschlungen. Die Kleinste von ihnen lachte ausgelassen und schenkte der anderen aus der Flasche nach. Die Frau im lila Kleid blickte auf ihre Armbanduhr und notierte sich etwas. Sie schien ebenfalls zufrieden zu blicken. Tatsächlich schienen alle Frauen hier den Ausgang des Kampfes zu feiern. Niemand schien erschrocken zu sein. Niemand außer Sai hatte einen Sieg des männlichen Kämpfers gewünscht.

Aber war dies wirklich ihr Wunsch gewesen? Auch auf der anderen Seite der Rundung sah Jo Frauen mit fröhlichen Gesichtern. Die zierliche Frau im violetten Kleid stand jetzt an der Brüstung. Sie fotografierte den toten Zari, dann sah sie prüfend zu Jo hinüber. Jo fuhr sich über die schwitzende Stirn. Innerlich stöhnte er auf. Es war ihm, als sähe er noch einmal den Schatten des Tigers im Gebüsch.

Jetzt schlug die Erkenntnis tief in seine Seele. Es war doch so offensichtlich: Die ganze Zeit über hatte er nicht bemerkt, was jeder sehen konnte: In einer Halle mit über tausend Frauen war er der einzige Mann gewesen. Außer dem Mann im Kessel waren sämtliche Besucherinnen Frauen.

»Jo, bitte verzeih' mir. Ich hätte dich warnen müssen. Du hättest niemals herkommen dürfen.«

»Lass uns nach Hause gehen, Sai«, murmelte Jo. Er brauchte jetzt wirklich eine Pause. Er musste sich endlich irgendwo erholen. Aber Sai sah ihm unverwandt in die Augen und sagte leise: »Jo, verstehe doch, du bist in großer Gefahr.«

Jo zog überrascht die Augenbrauen hoch. Was hatte Sai damit gemeint? Ärgerlich sagte er: »Aber Sai, es braucht Dir nicht leidzutun. Ich habe mir gerne dieses Spiel angesehen. Für Dich würde ich an jeden Ort gehen...«

Sie sah ihn nachdenklich an. »Jo, verdammt, wie deutlich muss ich denn werden? Sieh dich doch einmal um.«

Jo zuckte die Schultern. Was hatte er damit zu tun?

»Leb wohl, Jo. Bitte verzeihe mir, ich hätte dich niemals hierher bringen dürfen. Ich habe dich gern.« Sie griff in ihre Jackentasche. »Nimm dies hier. Als Andenken. In Gedanken werde ich immer bei Dir sein. Behalte es für immer.«

Sie hielt ihm einen kleinen Gegenstand hin. Jo konnte ihn nicht deutlich erkennen. Es musste der zweite Schlagring sein. Das Metall glühte in silbrigem Glanz. Verblüfft nahm Jo ihn in seine Hand. Er wog schwer und kalt. Jo wollte etwas sagen und das Geschenk ablehnen, doch Sai unterbrach ihn: »Jo, sieh zu, dass Du hier fortkommst! Bitte sei mir nicht böse.« Sie schien jetzt ein Weinen zu unterdrücken. Dann stand sie energisch auf.

Verblüfft sah Jo ihr nach. Sie hatte ihre Handtasche gepackt, wühlte sich in ihre eilig übergeworfene Jacke hinein, warf ein Halstuch um und verschwand in der Menge. Weg war sie.

So hatte Jo sich den Ausgang des Abends nicht vorgestellt. Er stand unentschlossen vor seinem Sitz. In der Arena waren zwei Sanitäterinnen erschienen, die eine Trage neben den Toten gestellt hatten. Sie luden ihn auf. Eine weitere Gestalt kniete am Boden und wischte das Blut auf.

Jo strich sich nervös über seinen Hinterkopf. So ein Unsinn. Er wäre in großer Gefahr - so ein Quatsch. Er würde jetzt gehen und die Stadt alleine erkunden. Ihm war übel. Er hatte genug von all dem.

Die Frauen hinter ihm waren ebenfalls aufgestanden und standen in Reihen neben ihm. Die Große, die er am attraktivsten fand, beugte sich mitfühlend zu ihm.

»Oh, ist ihre Begleiterin schon vor Ihnen gegangen?«

Jo nickte. Das Lächeln der Blonden gefiel ihm. Sie hatte eine kraftvolle, vitale Ausstrahlung, wie er fand. Voller Energie und nicht so trübe, wie die meisten anderen. Dass ihre Vorderzähne ein wenig schmal hervorstachen, und ihre Schönheit damit ein wenig reduzierten, machte sie auf eine bezaubernde Weise menschlich. Irgendwie süß, dachte er und seufzte. Niemand ist perfekt.

Er ging ein Stück gemeinsam mit der Großen dem Ausgang entgegen. Nun, da Sai fort war, bekam er Lust, noch etwas auf eigene Faust zu unternehmen. Die Eindrücke des Abends hatten ihm zugesetzt. Ein Drink würde ihm gut tun. Und den Rückweg ins Heim wollte er auf keinen Fall wieder zu Fuß wagen. Es musste möglich sein, dachte er, einen der offiziellen Transporter zu nehmen. Nervös rieb er sich mit der Hand über das Gesicht. Heiß war es hier. Es roch irgendwie süß und mild, wie nach Vanille.

»Was hatte Ihre Freundin denn?«, fragte ihn die Blondine mit dem Lächeln einer Maus. »Es gab hoffentlich keinen Streit?«

»Ach, nein«, winkte Jo ab. »Ich weiß es auch nicht. Sie hat ihre Launen.« Was hätte er sagen sollen? Und was hatte es mit Sais alberner Furcht auf sich, er befände sich in großer Gefahr? Absurd. Er war ein friedliebender Mann. Weder an Aufruhr noch an politischen Aktivitäten hatte er sich je beteiligt.

»Entschuldigen sie, wenn ich so direkt frage«, sagte die Blonde jetzt und schob ihre schlanke Nase vor. »Hätten sie eventuell Lust, mit mir noch einen Drink in einer Bar zu nehmen? Meine Freundin wartet zwar auf mich, aber bis dahin ist noch ein bisschen Zeit.«

Jo zog erfreut die Augenbrauen hoch.

Die Blonde beugte sich zu ihm. Sie war ähnlich groß wie er selbst. Sie sagte: »Sie würden mir eine große Freude machen, wenn Sie nicht ablehnen würden.«

Jos Augen weiteten sich zu einem begeisterten Strahlen. Und ob er Lust hatte! Der Abend hätte gar nicht besser laufen können.

Sie beugte sich dicht an seinen Hals und küsste ihn. Dann spürte Jo, wie sie ihm von hinten in den Hals griff. Sein Staunen vermischte sich mit einem violetten Nebel aus würgendem Schmerz. Wie ein Stein in einem See versank er im Dunst.

32. The Day After

Anoje brauchte einige Kraft, um ihre Augenlider wie zwei verrostete Garagentore in die Höhe zu kurbeln. Aua, es quietschte. Ihr ganzer Kopf brummte. Sie sah zur Seite und erkannte das große Zimmer von Madame. Es musste bereits nach Mittag sein, und sie hatte den ganzen Morgen hier gedöst. Immerhin, nach der Nacht im Tempel durfte sie wieder wie ein normaler Mensch bei Madame erscheinen. Sie gähnte und blickte zur Seite.

Drüben lag die Chefin in einer kleinen Badewanne. Gerade blies sie sich Schaum von ihren Fingern. Direkt in der Mitte ihres großen Zimmers hatte sie die Wanne aufbauen lassen. Ihre Füße ragten weiß und tropfend aus dem Schaum. In wortlosem Genuss blickte sie zur Decke. Genau dort, wo sie zuletzt die arme Anoje hatte quälen lassen, planschte sie jetzt in einem Meer aus Schaum. Madame liebte Abwechslung.

Fanny kam mit einem Bottich dampfenden Wassers und kippte nach. Wie immer hielt eine brunnentiefe Schwermut ihre Schweigefalten im Griff.

»Anoje, was hört man denn da für Sachen aus dem Tempel?« Madames Stimme hatte einen verspielten Ton angenommen. Irgendwie wirkte sie erfrischt und blendend gelaunt nach dieser Nacht. Sie tauchte aus dem Schaum wie eine Prinzessin auf. »Es heißt, ihr habt gestern nach dem Kampf noch einen Ausländer rekrutiert?«

Anoje blickte schnell zur Decke. Was die Chefin schon wieder alles wusste. Dabei hatte sie sich einige Mühe gegeben, ihren Coup geheim zu halten.

Anoje lag auf der großen Couch, wo sie mit einer Hand ein Glas Wasser auf ihrer Stirn balancierte. In ihrem Kopf rotierten die Erinnerungen, alles tat ihr weh. In der Gunst von Madame war sie zwar wieder um Längen aufgestiegen, aber der Abend im Tempel hatte sie angestrengt. Matt blätterte sie in der Morgenzeitung.

Zufrieden las sie den Aufmacher auf Seite eins: »Fairer Prozess: Im Namen des Volkes wurde das Urteil gegen Zarahm Al Kular vollstreckt. Der Terrorist Kular gehörte dem 'Kommando ›Graue Schatten‹ an, das für eine Reihe von Anschlägen verantwortlich gemacht wurde. Al Kular wurde im Namen des Volkes zu einem Gerichtskampf von zwei Stunden verurteilt. Der Antrag der Verteidigung auf Erteilung einer Waffe war abgelehnt worden. Im Einklang mit den Gesetzen Kujais wurde das Urteil erfolgreich vollstreckt.«

Anoje legte die Zeitung beiseite. Sie lächelte in die Morgensonne, die als Spiegelung vom Tempel gegenüber durch das Fenster strahlte. Auf dem Titelbild sah man den gewürgten Zari, wie er in der Schlinge von Wailds Gürtel zappelte. Anoje war zufrieden.

»Anoje, mein Blümchen, hast Du gehört?«, meckerte Madame, »was hat es mit diesem Ausländer auf sich? Er soll ein sonderbarer Kerl sein. Susan war so freundlich, ihn einzusammeln.«

Anoje schmunzelte.

»Er soll ein völliger Schlappschwanz sein. Keiner weiß, wie er überhaupt in den Tempel gekommen ist.«

Anjo zog die Augenbrauen mit klebriger Unwissenheit in die Höhe. Sie hob die Schultern und verharrte, als müsse sie beteuern, dass sie einzig aus wortlosem Staunen bestand. Ja, das klang alles sehr sonderbar.

»Blümchen stell' dir das mal vor: Als Zuschauer! Ein Mann!« Madame schüttelte den Kopf und warf eine Handvoll Schaum nach Fanny. »Wie konnte der überhaupt von dem Tempel wissen?«

Wieder zog Anoje die Schultern empor und lockerte sie durch mehrmaliges Zucken. Was hatte sie damit zu tun? So etwas könne ja eigentlich praktisch jederzeit vorkommen, dass ein komischer Typ aus dem Randgürtel sich verläuft. Ein paar kurze Momente lang gelang es ihr, das aufsteigende Prusten in ihr zu unterdrücken.

»Vielleicht hatte jemand von der Einlasskontrolle gedacht, er kommt als Futter für die Tiger.« Madame mochte solche Spekulationen.

Anoje schob die Lippen zu einem Nichtswissermund vor. Madame brauchte nicht zu wissen, dass es Anojes Plan gewesen war, diesen dämlichen Büroburschen anzulocken. Man musste eben auch einmal ungewöhnliche Wege gehen, wenn man Erfolg haben wollte. Der Kerl mochte eine Witzfigur sein, aber wer weiß: Vielleicht entwickelte er eines Tages Sportsgeist. Eine Bereicherung war er in jedem Fall. Die Masse macht's. Als Appetitanreger konnte man ihn bestimmt irgendwo unterrühren.

Anoje lag auf der Couch und griff nach einem botanischen Magazin. Fremde Länder, exotische Kulturen. Der brasilianische Regenwald, interessant.

Sie dachte mit hüpfendem Herzen an ihren gelungenen Coup zurück. Vielleicht sollte sie öfters Firmen wie dieses scheußliche KPP besuchen. Mein Gott, wie es dort gestunken hatte. Ein Arbeits-Silo mit kahlen Wänden und schmierigen Böden. Überall hatte man dort die Idioten in komische Arbeitsnischen gesperrt. Wie die Hennen in einer Legebatterie hockten sie da. Vor uralten Bildschirmen.

Alles, was sie taten, hatte damit zu tun, dass sie Farbfehler in logistischen Listen korrigierten. Das hatte ihr die kleine Asiatin erklärt, an die sie sich in der Kantine herangemacht hatte. Farbfehler... Das war ja wohl ein Witz! In anderen Firmen gab es für solche Aufgaben automatische Programme. Nur bei KPP wollte man für solche Dinge kein Geld ausgeben. Oder man war schlichtweg zu dumm, diese zu programmieren. Stattdessen ließen sie massenweise Idioten die Fehler per Hand suchen. War wohl auch billiger.

Anoje massierte ihre Schläfe. Was es alles in diesem Amazonas für Zeugs gab. Na ja, aber immer noch besser als die Zustände bei KPP. Anoje dachte an all die furchtbaren Dinge zurück, die ihr die Kleine erzählt hatte. Einmal im Monat durften die Leutchen aus ihren Hamsterkäfigen heraus. Dann schlurften sie in eine Montagehalle, wo auf einem Transportband das Mittagsessen herein rollte. Da durften die Frauen auch ihre Hauben abnehmen. Nur dort. Es gab ein Riesengeschnatter. Es war nicht einfach gewesen, dort überhaupt Leute zu finden, die mit Anoje sprechen wollten. Vor einem Jahr hatte sie es geschafft, Gutscheine für eine Tankstelle auszulegen. Susan fuhr dann gelegentlich zu der Tankstelle hin und holte die Idioten ab, die da mit so einem ›Gutschein‹ warteten. Dort konnte man dann in aller Ruhe einsammeln, was angerollt kam. Und an jenem Tag war zum Glück diese kleine Japanerin kooperativ gewesen. Wahrscheinlich hatte sie Vertrauen zu Anoje gefasst, weil ihre Vorfahren ebenfalls aus der Gegend stammten. Ja, es hilft, wenn man Gemeinsamkeiten hat. Der Mensch ist ein Resonanzwesen, dachte Anoje bei sich und seufzte.

Sie würde solche Ausflüge jetzt regelmäßig machen. Am Ende könnte man einen schönen Stamm von Reservisten aufbauen, aus denen man dann die eigentlichen Spitzenkräfte züchtete. Vielleicht wäre irgendwann auch mal ein neuer Zari dabei. Im Kessel konnte er halbwegs mithalten. Er hatte sich wirklich Mühe gegeben.

Anoje blickte teilnahmslos durch den Reiseführer hindurch. Ein angenehmer Nebeneffekt dieser Methode war, dass sie Susan vom Hals bekam. Jederzeit konnte sie die Große losschicken, damit die sich um solche Typen kümmerte. Su sollte am Ende die Früchte einsammeln, die Anoje gesät hatte. Mit ein bisschen Cleverness konnte man nämlich doch etwas erreichen bei Madame. Auf diese Weise war allen gedient. Susan hatten ihren Spaß und durfte ihre Würgegriffe an Frischfleisch ausprobieren. Und Anoje konnte in aller Ruhe aus dem Hintergrund beobachten, wie sich die Dinge entwickelten.

Sie überblätterte einen Artikel über den brasilianischen Ochsenfrosch. »Ich gucke mir den Blödfrosch heute Abend mal an«, stöhne sie müde zu Madame. Doch, ja, ihr Kopf brummte gewaltig. Die Chefin hatte sich die Nase zugehalten und war wieder winkend unter einem Schaumberg verschwunden.

Endlich liefen die Dinge wieder besser für Anoje. Der neue Ausländer würde nicht viel im Training bringen, das wusste sie, aber man konnte vielleicht etwas Passendes für ihn finden. Ihre Augen überflogen jetzt lustlos eine Bilderstrecke über Wasserpflanzen. Natürlich, gegen eine erstklassige Karatefrau wie Waild durfte man den Neuen nicht aufstellen, das war klar. Wenn er wirklich so ein Lappen war, wie alle sagten, konnte man nicht viel erwarten. Der Frosch würde schnell baden gehen.

»Blümchen, wie weit sind denn deine Planungen für die nächste Saison?« Madame war wieder aus den Untiefen ihrer Wanne aufgetaucht. »Du weißt, dass wir dringend mehr Abwechslung bieten müssen.«

»Planungen...« Anoje seufzte. Immer diese starren Vorgaben. Konnte man denn niemals ein wenig kreativ sein? »Wollen wir das nicht spontan entscheiden?«

»Spontan?« Madame schien geneigt, ihre Wutfalten aufzufrischen.

»Ja, spontan.« Anoje legte die Illustrierte auf ihren Schoß. »Wie wäre es, wir füllen den ganzen Kessel beim nächsten Mal langsam mit Wasser?«

Madames Augen blitzten interessiert auf. Wasser konnte sie gut leiden.

»Die Kämpfer bekommen Fußringe, die mit exakt so viel Blei gefüllt sind, wie es ihrer Kampfstärke entspricht.« Madame hörte interessiert zu. Das war eine Idee. »Man könnte sehr genau die unterschiedlichen Stärken der Kontrahenten durch entsprechende Gewichte ausgleichen. Madame Schwarzgurt bekommt ein Kilo an die Füße, Mister Bürolappen dreihundert Gramm. Oder zweihundert?« Anoje fand nun selbst Vergnügen an dieser Idee. Eigentlich bräuchte man Zuschauerlogen unter der Wasserlinie, wie in einem Aquarium.

»Wie viele Gewicht genau verordnet werden, kann die Kommission ausrechnen. Das Wasser steigt schön langsam. Ebenso die Anforderungen an unsere Kampfschwimmer.« Aus Anoje sprudelten jetzt die Ideen: »Waild zum Beispiel soll auch eine hervorragende Schwimmerin sein. Hat mir Su erzählt. Sie trainieren oft gemeinsam.« Madame zog die Augenbrauen hoch. Oh, Schwimmsport.

»Wer seinen Gegner in die Tiefe zwingt, gewinnt.«

Madames Gesicht war völlig ruhig geworden. Ihr gefiel Anojes Idee offenbar.

»Vielleicht sollten wir einen Probelauf starten. Susan ist doch immer für neue Herausforderungen zu haben. Wie wäre es mit ihr?«

Anoje spürte, dass jetzt ihre Stunde nahte. Madame hatte Blut geleckt. Madame würde die Sache ausprobieren wollen, das wusste Anoje genau. Fragte sich nur: mit wem.

Und Anoje hatte noch eine Rechnung offen. Langsam hörte sie sich sagen: »Das wäre doch ein schönes Spiel für unsere gute Susan. Genau nach ihrem Geschmack. Eine echte Herausforderung. Sie bekommt genau vier Dinge.« Jetzt bekam auch Anojes Stimme einen gefährlichen Unterton. »Wir geben Susan: Erstens: einen neuen Badeanzug. Zweitens: eine Arena voll mit heißem Wasser. Drittens: eine Stunde Zeit. Und viertens...« Anoje reichte Madame die Illustrierte und sagte: »Als Gegnerin: diese Anakonda. Mal sehen, wer am Ende gewinnt.«

Madame zog die Lippen dünn. »Blümchen, Blümchen. Du machst dich.«

33. Down Under

Als Jo wieder zu sich kam, waren die Erinnerungen an den Abend mit Sai vollständig aus seinem Hirn getilgt. Er dämmerte ohne jedes Zeitgefühl in der Schwärze seiner Zelle. Zunächst hatte er tagelang auf der Pritsche gelegen und apathisch durch den Maschendraht des Verschlages hinausgestarrt. Den Prozess, den man ihm gemacht hatte, hatte er mit keinem Wort verstanden. Irgendwann hatte er begonnen, mit aller Kraft gegen die Wände zu springen. Jetzt dachte er tagelang an gar nichts mehr. Sein Geist war in eine brummende Leere geraten.

Auch wenn er in der Finsternis nichts erkennen konnte, so gelang es ihm doch, die Streben eines verbogenen Stuhles auseinander zu montieren. Er hantierte mit den Eisenteilen und entwickelte mit ihnen eine Art von Krafttraining. Ohne Unterlass wuchtete er die Gewichte in die Höhe, bis er vor Erschöpfung zu Boden sank. Dann glitt er in einen bräunlichen, nervösen Schlaf. Er träumte von staubigen Feldern, einem schwarzen Tiger, von blutroten Kacheln, und immer wieder von einer Halle, in der hämisches Gekicher erklang. War er wach, zählte er die Anzahl der Übungen, die er ohne Pause durchhielt. Zunächst schaffte er es nur fünfzig Mal am Stück, das Bündel mit den Eisenstangen vor seinem Oberkörper zu stemmen. Anschließend sprang er aus der Hocke auf die Pritsche und wieder zurück. Irgendwann hatte er das Wechselspiel auf dreihundert Hebungen und achtzig Sprünge gebracht. Ohne einen Sinn in diesem Training zu sehen, steigerte er es von Mal zu Mal. Er schlug in das Bündel seiner Kleidung, schrie nach Wasser, und fiel am Ende seiner Kräfte wieder zurück in den tumben Dämmerzustand.

Manchmal sah er einen trüben Lichtschein am Ende des Korridors. Ihm schien, als könne er dort weitere Gefangene erkennen. Er blinzelte. Und je mehr er sich anstrengte, seinen Blick zu schärfen, desto deutlicher kehrten auch Bruchstücke seiner Erinnerung zurück. Er sah die Eintrittskarte mit den Platznummern. Dann war es ihm, als fühle er noch einmal den stechenden Schmerz, den er damals gespürt hatte, als die schöne Frau ihm von hinten in den Hals gegriffen hatte. Sie hatte ihre Finger um seine Schlagader gelegt. Dann war es schwarz um ihn geworden. Schlagartig wurde ihm jetzt klar: Sie hatte all die Zeit nur deswegen so dicht hinter ihm gesessen, um ihn zu bewachen. Der Schleier, der vor seiner Erinnerung gelegen hatte, flog jetzt mit einem Hauch beiseite. Alles war doch so offensichtlich. Nun verstand er glasklar, dass sie eine Art Polizistin gewesen sein musste, die nur darauf gewartet hatte, ihn am Ende des Gladiatorenkampfes zu überwältigen. Und bei dem Kampf hatte es sich auch um keinen sogenannten Sport gehandelt.

Es war die Hinrichtung eines männlichen Delinquenten gewesen. Wie eine blinde Maus hatte er die ganze Zeit zwischen den Tigern gesessen.

Wenn er die Blonde in die Finger bekommen würde. Er würde ihr einiges heimzahlen, da war er sich sicher.

Jo lief über die Wiesen, vorbei an dem Trümmerfeld, er musste es schaffen, die Verabredung mit Sai einzuhalten. Im Traum sah er ihr hübsches, japanisches Gesicht, wie sie ihn liebevoll streichelte. Sie schenkte ihm die violette Blume aus ihrem Haar. Dann drehte sie ihm den Rücken zu und sprach mit einer anderen Frau. Sie standen sich in einem kahlen Zimmer an einem Tisch gegenüber. Bei der Zweiten schien es sich um jene Rothaarige zu handeln, die im Kessel die Kämpfer zu Beginn vorgestellt hatte. Jetzt flüsterte sie verstohlen mit der anderen. Als Jo von zwei Wärterinnen den Korridor vor dem Raum vorbei geführt wurde, konnte er es deutlich sehen: Die Rote zählte ein Bündel Geldscheine.

»Anoje, mein Blümchen, ist er den Preis wert?«

»Auf jeden Fall. Er ist zäh. Er ist den ganzen Weg aus seiner Siedlung bis zum Tempel gewandert. Er ist dumm, aber tapfer. Er wird viel lernen müssen. Setzt ihn ein paar Wochen richtig unter Druck, dann werden wir sehen, was er bringt.«

Jo erwachte. Ihm erschien dieser Traum ebenso real, wie die übrigen Erinnerungen, die plötzlich alle wieder präsent wurden. Die Bilder des Kampfes im Kessel leuchteten vor seinem inneren Auge auf. Er sprang hoch. Jetzt begriff er, über wen die Frauen gesprochen hatten.

Es müssen ein paar Hundert Mal gewesen sein, die Jo auf seine Pritsche und wieder zurück auf den Boden sprang. Hinter der Mauer setzten die Trommeln ein. Gleichzeitig hörte er am Ende des Korridors Stimmen. Die Wächterinnen kamen. Auf keinen Fall wollte Jo sich in die Arena bringen lassen! Hastig griff er nach dem Schlagring und streifte ihn über die Faust. Er versuchte sich zu verstecken, indem er in die hinterste Ecke seines Verschlages glitt. Dort versperrte ein Maschendraht den Ausgang, doch als er sich gegen das rostige Metallgitter lehnte, gab der Rahmen knirschend nach und öffnete einen hüftbreiten Spalt. Wie konnte er dies all die Zeit übersehen haben?

Mit größter Kraft bog er das Gitter auf und schlüpfte hindurch. Nun befand er sich auf dem Gang. Verdammt, er musste irgendwo einen Ausgang finden. Eilig schlich er den Gang entlang. Der kalte Boden war an den meisten Stellen mit knirschendem Sand bedeckt. An einigen Stellen hingen Glühlampen von der gewölbten Decke, doch die meisten Abschnitte des Ganges blieben in völliger Finsternis. Der Sand stach ihm schmerzend in die Füße. In einem großen Bogen zog sich der Korridor immer weiter hinein in die Dunkelheit.

Jo schien den Wächterinnen entkommen zu sein, zumindest hörte er von ihnen nichts mehr. Nur noch ein gleichmäßiges Grollen, das von den Trommeln außerhalb stammen musste, röhrte durch die Tunnel. Er ballte seine Faust und fasste einen Entschluss: Sollte ihn jemand angreifen, würde er mit aller Kraft um seine Freiheit kämpfen.

Er entdeckte einemm Mauervorsprung, der ihm ungewöhnlich erschien. In einigen Metern Höhe konnte er einen Lichtschein sehen, der aus einer Art Fenster stammen musste. Jos Herz schlug schneller bei der Vorstellung, endlich einen Ausweg zu finden, oder zumindest in einen anderen Raum flüchten zu können. Er sprang an der Mauer empor, krallte sich an der Kante fest und zog sich in die Höhe. Oben fand er eine Luke, durch die das Licht gekommen war.

Er kauerte sich in die Nische und blickte durch den Schlitz. Dahinter sah er einen großen Raum.

Jo staunte über das, was er dort sah. Von der Decke hingen mehrere Boxsäcke herab, einige von ihnen pendelten mit quietschenden Geräuschen an meterlangen Ketten. Am Rand des Raumes schienen Fächer an den Wänden montiert zu sein, womöglich Regale. Jo begriff: Dies war ein Trainingsraum für die Gladiatoren. Hier musste Zari vor seinem Gang in die Arena trainiert haben. Jo hielt den Atem an, als er jetzt eine dunkle Gestalt sah, die sich aus einem der Fächer heraus bewegte. Es stellten Kojen da, die wie Etagenbetten übereinandergestapelt waren. Und die Gestalt war eine Frau mit dunkler Haut, wie Jo erkannte. Sie sprang heraus, reckte sich, und begann zunächst träge, dann immer zügiger um die pendelnden Boxsäcke herum zu laufen. Sie trug eine schwarze Sporthose und einen weißen Büstenhalter. Dann erkannte Jo, dass sich viele solcher Frauen in den Ecken des Raumes aufhielten. Die Erste begann nun, mit konzentrierten Tritten auf einen der Säcke einzutreten. Ihr Fuß schmetterte klatschend in den Boxsack.

Jo hatte das Lager der schwarzen Gladiatorinnen entdeckt. Wenn es ihm nicht gelänge, aus den Katakomben zu fliehen würde er früher oder später gegen eine von diesen Frauen im Kessel antreten müssen. Er ballte die Faust mit seinem Schlagring.

Und noch ein Detail ließ seinen Puls höher schlagen: An einer der Ketten, die von der hohen Decke herab baumelten, befand sich kein Boxsack, sondern nur eine geknüpfte Schlinge. Sie wäre Jo gar nicht aufgefallen, hätte nicht eine Frau daneben gehockt und an dem Boden unter dem Strick hantiert. Jo sah, wie sich plötzlich eine Fallklappe polternd öffnete. Die Konstruktion war ein Galgen. Hier konnte ein Mensch über der Fallklappe gehängt werden. Jo konnte durch die Luke steil hinab in den Raum sehen und erkannte ein Stück des Schlundes, der unter der Klappe lag. Jo erschauerte, als er das Tier sah: Unter dem Galgen schlich ein weißer Tiger.

Er musste hier fort. In Panik sprang Jo aus der Mauernische, fiel in den sandigen Boden und lief den Gang entlang. Er kam an vergitterten Zellen vorbei, in denen andere Männer lagen. Einige starrten ihn aus glasigen Augen an, mit niemandem konnte er sich verständigen. Alle schienen völlig apathisch und durch die Haft zermürbt zu sein. Jo folgte den Windungen einer Treppe, die ihn abwärts führte. Er lauschte auf die Geräusche der Trommeln, die mal stärker, dann wieder schwächer durch die Mauern drangen. Er musste aus dem Zentrum des Gebäudes gelangen. Würde er nur Sai irgendwo finden, könnte sie ihm bestimmt helfen. Als echte Kujanerin könnte sie ein Wort für ihn einlegen. Sie könnte in einem neuen Prozess erklären, dass er kein Verbrechen begangen hatte. Sie würde bestätigen, dass er niemals zum Gladiator taugen würde. Jo keuchte. Er bekam Stiche in der Leiste. Wieder war alles um ihn so dunkel, wie in einem Tuschefass. Jetzt war er in einem Gang mit niedriger Decke angelangt.

Dann sah er Licht. Es kam aus einer Tür, die rechts einen Durchgang zwischen der Steinmauer bildete. Behutsam ging Jo hinein.

Ein dunkler Raum empfing ihn. Er war stickig. Unter seinen zerkratzten Füßen spürte Jo eine Matte aus grobem Stoff. Er begriff sofort, dass er in einer Art Trainingsraum gelandet sein musste. Es war stockfinster und er hielt sich instinktiv dicht an der Wand. Als er sie betastete, fühlte er eine metallische Platte, über die er vorsichtig mit den Fingern strich. Was war das für ein sonderbares Bild? Als er sein Gesicht ganz nahe vor die Wand schob, hatten sich seine Augen ein wenig an die Finsternis gewöhnt. Nun erkannte er etwas: Linien, die sich zu einer Zeichnung formten. Es war die schematische Darstellung eines Menschen. Einige Körperteile waren mit kleinen Kreisen markiert: Schläfe, Hals, Brustbein, Hoden und die Knie. Empfindliche Punkte. Dort musste man treffen, wenn man siegen wollte. Jo merkte es sich. Dann blickte er wieder in die dunkle Mitte des Raumes. Jetzt sah er, dass der Boden in der Mitte mit einer helleren Matte ausgelegt war. Obwohl Jo in dem trüben Licht immer noch wenig erkennen konnte, schätzte er die Größe auf ungefähr fünfzehn Metern im Quadrat ein. Der gesamte Raum, der von groben Mauern quadratisch begrenzt wurde, schien nur wenig größer zu sein, als die eigentliche Matte in der Mitte. Jo erschrak, als er plötzlich bemerkte, dass er nicht alleine war. Er spürte den Atem von Menschen. Hinter ihm schlug die Tür ins Schloss.

In der Mitte stand ein Mensch. Und auch von den Seiten hörte er nun den schwachen Atem von weiteren Anwesenden. Aber die Dunkelheit machte es ihm unmöglich, etwas Genaueres zu erkennen. Verdammt, wo war er hier bloß hineingeraten? Er tastete hinter sich und spürte, dass die hölzerne Tür ihm den Ausgang versperrte. Sie war verschlossen. Er steckte in der Falle.

Mit geballter Faust verharrte er. Zum ersten Mal war er froh, dass er immer noch Sais Talisman, den Schlagring, bei sich hatte.

Dann hörte er eine Frauenstimme. Sie kam nicht von der Person, die er schemenhaft in der Mitte sah. Aber er erkannte ihren Klang sofort: Es war die Rothaarige aus dem Kessel. Sie musste sich auf der anderen Seite des Raumes befinden. Jo unterdrückte seinen Atem, vielleicht hatte sie ihn nicht bemerkt, und er konnte die Tür öffnen, bevor sie ihn sah.

»Es ist nur ein Test«, hörte er die Rote sagen. Ihre Stimme klang druckvoll und beschwichtigend zugleich, so, als müsse sie unter allen Umständen andere Personen zur Ruhe ermahnen.

»Ich erwarte absolute Disziplin.«

Jo stand wie gebannt. Dann flackerte mit einem klickenden Geräusch Licht auf. Die Glühbirne blendete ihn. Jo kniff die Augen zusammen und sah die Szenerie: Die Rothaarige stand am Rande des Raumes und hatte einen Schalter an der Wand betätigt. Sie trug einen roten Sportanzug, der vor dem Hintergrund der schmutzig braunen Wände leuchtete. In dieser Welt aus Dunkelheit und Dreck wirkte ihre tadellose, saubere Kleidung beinahe wie ein Zeichen aus einer höheren Sphäre. Was hätte Jo dafür getan, dorthin wieder zurückzugelangen, und endlich wieder ein intakter Mensch sein zu dürfen. Sai treffen, ihr eine frische Blume aus der Vase reichen und in ihrem lieben Lächeln zu versinken, das wäre sein ganzes Glück gewesen. Würde er sie irgendwo finden, könnte sie ihm helfen, aus diesem Verlies zu entkommen. Sie kannte die Gesetze. Sie wusste, wie man sich in Kujai zurechtfand. Sie würde ihn erlösen.

Die Rote dagegen schien sich auf eine unheimliche Weise in der Kammer heimisch zu fühlen. Sie hielt ihren Körper mit dominanter Selbstsicherheit aufrecht. Sie wirkte herrisch, als wäre sie ein Offizier, der es gewohnt war, Befehle zu erteilen. Und der Disziplin erwartete. Die Frau blickte streng in den Raum.

»Ganz ruhig«, wiederholte sie eindringlich. Jo erschrak, als er jetzt erst die gesamte Szene überblickte. In der Mitte der Fläche stand eine Frau. Es war jene Blonde, die Jo damals mit dem Betäubungsgriff verhaftet hatte! Sie war nackt.

Sie hatte sich in einer leichten Grätsche aufgestellt, die ihrem Stand Stabilität verlieh. Ihre Muskeln verrieten, dass sie eine trainierte Sportlerin sein musste. Ihre langen Haare fielen zu einem Pferdeschwanz zwischen ihre nackten Schulterblättern. Jo stand seitlich von ihr und sah, dass sich noch drei weitere Männer in dem Raum befanden. Von ihnen kamen die leisen Atemgeräusche, die ihn so erschreckt hatten. Jeder der Männer stand mit rückwärts verschränkten Armen vor einer Seitenwand. Alle mussten sie an die Wände gekettet sein, wie das Klirren von dünnem Metall verriet.

Jetzt hatte die Rothaarige Jo entdeckt. Ihr Blick traf ihn wie der eines Reptils. »Oh, wie schön«, sagte sie mit warmherziger Begeisterung und deutete sogar eine kleine Verbeugung an, „wir haben einen Gast! Das passt ja wunderbar.« Sie zog die Mundwinkel zu einem anerkennenden Nicken hinab. Reife Leistung, junger Mann.

»Unser Gast darf selbstverständlich an unserem Test teilnehmen.«

Jo traute sich nicht, etwas zu sagen. Was hätte er sagen sollen? Er griff nach dem Knauf hinter ihm. Die Tür blieb verschlossen und gab auch unter Druck nicht nach.

Die Rothaarige ging auf hochhackigen Schuhen zu dem ersten der Gefesselten. Sie griff hinter seinen Rücken und begann, die Handschellen zu lösen.

»Ihr kennt Susan? Wer noch nicht das Vergnügen hatte, der bekommt jetzt die Gelegenheit, Bekanntschaft zu schließen.« Sie ging langsam zu jenem Mann hinüber, der frontal vor der Nackten gefesselt war. Er war ein muskulöser Hüne, dessen Fäuste mit Lederriemen umwickelt waren.

»Su leitet unsere Ausbildung hier. Außerdem spielt sie ziemlich gut Schach. Aber heute möchte sie Körper und Geist gleichermaßen fordern. Sie hat sich diesen kleinen Test selbst gewünscht.« Jetzt hatte sie auch die Fesseln des zweiten Mannes gelöst.

»Su liebt neue Herausforderungen«, fuhr die Rote fort, während sie gemächlich zu dem dritten Mann ging. Dieser befand sich an der Rückwand hinter der Blonden. Er war hager und seine sehnigen Muskeln glitzerten übersät von schmutzigen Flecken. Genau wie den übrigen sah man ihm die Strapazen der Haft an. Jo starrte ungläubig. Er glaubte, er träumte, als er den Mann erkannte. Der Hagere war: Carl!

Jo biss sich auf die Lippen. Das konnte er nicht glauben. Carl sah erbärmlich aus, vermutlich war er noch viel länger als Jo in den Katakomben eingesperrt gewesen. Lange Zeit hatte er ihn nicht mehr gesehen. Als die Rothaarige nun den Schlüssel in Carls Handschellen klicken ließ, schien eine gewaltige innere Erleichterung ihn zu durchfahren. Erst schloss er für ein paar lange Sekunden die Augen, dann blickte er dankbar zu der niedrigen Decke hinauf, als richtete er ein Stoßgebet zum Himmel. Er schien Jo nicht erkannt zu haben. Glücklich, die Fesseln los zu sein, schüttelte er die Arme. Hasserfüllt schob das, was früher einmal Jos Kollege Carl gewesen war, seinen Unterkiefer vor und fixierte seinen Blick auf den Rücken der Frau. Ihr Zopf baumelte friedlich zwischen ihren nackten Schultern. Aus allen Richtungen starrten die Männer jetzt auf sie. Alle waren sie hungrig. Und einige hatten sogar noch eine ganz spezielle Rechnung mit ihr offen.

»Die Regeln sind einfach«, zischte die Rote: »Eine gegen vier.«

Die Lampe, die direkt über der Nackten hing, warf tiefe Schatten auf ihr Gesicht. Ihre Augenhöhlen dehnten sich zu schwarzen Inseln bis auf ihre Wangen aus.

»Wer sie besiegt, kommt frei. Versprochen.«

Das war jenes Wort, das tief in Jos Seele schnitt: Frei. Er hätte alles dafür gegeben, endlich aus den Katakomben heraus zu kommen. Auch die anderen Männer schienen voller Verzweiflung danach zu gieren, diese Chance zur Befreiung zu ergreifen. Aus den Augenwinkeln sah Jo, wie der große schwarze Mann seine Faust hob und die bandagierten Knöchel küsste.

»Es steht euch frei, wie ihr kämpfen wollt«, sagte die Rote mit scharfer Stimme. »Ihr könnt Su gerne gleichzeitig angreifen...« Jos

Herz setzte für einen Schlag aus. »Aber es gibt einen kleinen Haken in unserem Spielchen«, fuhr die Rote fort. Sie fokussierte einen nach dem anderen. „Nur derjenige, der sie im Einzelkampf besiegt, ist frei."

Getroffen ließ Jo den Kopf sinken. Er starrte zu Boden, ballte beide Fäuste. Er musste hier hinauskommen, koste es, was es wolle. Er blickte gespannt zu den anderen. Jeder von ihnen dachte über die Regeln nach. In allen schien ein innerer Kampf zu toben. Jeder wollte diese Chance ergreifen. Vielleicht wäre es die Letzte im Leben. Jeder wollte als erster auf die Blonde losgehen.

Doch wer von ihnen sollte als Erster angreifen dürfen? Oder sollten sie sich alle zugleich auf die Nackte stürzen? Sie ohne Rücksicht auf irgendwelche Regeln gemeinsam auseinandernehmen?

Die Frau in der Mitte durchdrang die Männer mit forschendem Blick. Es schien sie zu amüsieren. Auch wenn sie durch ihre Nacktheit zunächst schutzlos wirkte, so hatte sich das Blatt nun auf sonderbare Weise gewendet. Noch bevor ein körperlicher Kampf begonnen hatte, rangen die Männer mit ihrer gequälten Psyche.

Jo spürte, wie stark ihn der Anblick der Blonden erregte, obwohl er sie aus vollem Herzen hasste. Sie war für seine Gefangennahme verantwortlich. An ihr würde er sich rächen. Auch dem großen Mann, der direkt vor der Nackten stand, war jetzt eine straffe Wölbung unter seinem Gürtel anzusehen. Er hatte einen riesigen Steifen. Seine Spitze drohte bis über die Gürtellinie hinaus zu ragen, so groß wurde er. Nervös tänzelte er auf der Stelle.

»Ganz ruhig meine Herren«, flüsterte die Rothaarige. »Nur wer kühlen Kopf behält, kann das Spiel gewinnen. Eine gegen vier - das ist in diesem Fall absolut fair. Denn ich muss Euch warnen: Su ist voll im Training. Der Faktor Vier entspricht ziemlich genau ihren Fähigkeiten Euch gegenüber.«

Der Mann auf der linken Seite, ein bulliger Kerl mit kurzen Haaren und dickem Hals, blies unterdrückt seinen Atem aus. Er ließ den Kopf in den Nacken fallen und blickte wütend zur Decke. Er brauchte Zeit, sich auf die Situation einzustellen.

»Und noch eins sei den Herren gesagt: Ich warne Euch, die Dame ist randvoll mit Koks. Die stoppt so schnell keiner. Wenn ihr nicht aufpasst, ergeht es euch, als würdet ihr mit dem Dreirad vor eine Dampflok fahren.« Sie beobachtete die Wirkung ihrer Worte.

»Also, Gentlemen, darf ich bitten? Es ist nur ein Spiel. Bedenkt eure Züge. Ihr könnt taktisch vorgehen. Versucht, die Dame nacheinander ins Matt zu treiben. Zermürbt sie gestaffelt. Wie es euch gefällt. Der Erste wärmt sie auf. Wie bei einem Staffellauf. Der Zweite zermürbt sie, schleift die Kondition. Er kann sich Zeit nehmen. Der Dritte vergrößert dann die Kerbe im Stamm.« Sie blickte einen nach dem anderen an. Welche Reihenfolge würden die Männer wählen?

»Und der Vierte«, sagte sie leise, »fährt am Ende die Ernte ein. So funktioniert Mannschaftsport meine Herren...«

Sie blickte wieder zu dem großen Mann mit den ledernen Fäusten hinüber. Er schien der Stärkste von ihnen zu sein und hatte vermutlich die besten Chancen. Würde er als Erster losschlagen, könnte er die Frau eventuell sofort besiegen. Dann wäre der Große frei. Jo biss sich auf die Lippen.

Die Rote bewegte süffisant ihren Mund, als lutsche sie auf einem Bonbon. Das Spiel schien ganz nach ihrem Geschmack zu laufen.

»Wenn Susan eine Stunde gegen Euch übersteht, ist sie reif für den Kessel.« Sie ging zu Jo.

»Und? Est ce qu'il ya un Volontaire?« Sie blickte ihn prüfend an. »Volontaire, das ist französisch und heißt Freiwilliger.« Sie ging langsam von einem zum anderen. »Wer will als Erster sein Glück versuchen? Noch sind alle Lose in der Trommel meine Herren.«

Jo ballte die Faust mit dem Schlagring. Er wollte in die Freiheit. Und, oh ja, er wollte es der Blonden heimzahlen. Aber er schwieg. Hatte er Angst?

Die nackte Frau drehte den Kopf zur Seite. Sie sah ihn mit einem Blick an, der ihn erschauern ließ. Er war eiskalt. Verschwunden war das Mäuschen aus dem Tempel. Es glühte jetzt etwas in ihr, das Jo schiere Angst machte. Das Glühen verriet eine Mordlust, die sich durch nichts aufhalten lassen wollte.

»Beginnt!«

Sofort gab es einen Ruck bei allen vier Männern. Der bullige Mann war am schnellsten. Er sprang sofort in die Mitte, direkt vor die Frau, und riss die Fäuste empor. Er kam Jo zuvor, der ebenfalls die Muskeln angespannt hatte, und wild entschlossen war, als Erster anzugreifen. Zu spät. Sein Konkurrent war schneller.

»Ich nehme sie«, brüllte der Bullige. Wie ein Stier stürmte er in die Mitte und wies mit einer herrischen Geste die anderen an, am Platz zu bleiben. Ihm alleine sollte die Fläche gehören. Die Frau war seine Beute. Und die gehörte keinem anderen.

Er fletschte die Zähne, als wolle er zubeißen. Die Frau federte mit einer lässigen Bewegung ebenfalls in Kampfposition. Ihr schien es gleich zu sein, wer als Erster kam.

»Das Blondzöpfchen gehört mir«, schrie der Bullige so laut, dass die Lampe zu wackeln schien. »Ich haue die um!« Er hob die Fäuste vor die Brust.

Die Rothaarige neigte respektvoll den Kopf, als begrüße sie die Entscheidung des Mannes. »Ein mutiger Mann«, sagte sie ernst. »Bravo.«

Jo konnte nicht genau erkennen, was dann geschah. Vielleicht hatte er nur eine Sekunde zu lange in die Lampe geblinzelt. So entging ihm, was blitzartig in der Mitte passierte. Der Kampf brach so abrupt aus, dass Jo die Bewegung nicht sah, sondern nur einen klatschenden Knall hörte, der wie ein Peitschenschlag erfolgte. Die lange Dunkelhaft hatte seine Augen getrübt. Nur schemenhaft sah er, wie der Mann auf die Frau zusprang - und im gleichen Moment mit einem knackenden Knall zu Boden stürzte.

Sie hatte ihm frontal ins Gesicht getreten. Wie ein morscher Baum war er von ihrem Tritt gefällt worden. Mit einem fauchenden Schrei trat sie ihm dann, als er matt am Boden lag, noch einmal auf den Kiefer. Sie zermalmte ihn mit diesen zwei Tritten wie einen Käfer. Sie war tatsächlich eine rasende Lok.

»Vorsicht am Bahnübergang«, lachte die Rote und klatschte fordernd in die Hände. »So, bitte weiter, wir haben keine Zeit zu verlieren. Der Staffellauf geht weiter. Wer möchte als Nächster sterben?« Sie zog eine Augenbraue in die Höhe. »Nur zu, dies ist kein Denksport. Hier punktet man nicht mit Zögern und Grübeln.«

Jo starrte auf den Mann am Boden. Dies hätte er selbst sein können - hätte er nicht gezögert. Der Mann war tot. Schachmatt, durch die Dame im Spiel.

Während die Nackte zufrieden auf ihr Werk blickte, war jetzt Carl von hinten auf sie zugeschlichen. Es gelang ihm tatsächlich, ihr unbemerkt nahezukommen. Dann packte er sie und presste sie stöhnend nieder, indem er seine Arme um sie schlang und seine verschränkten Finger in ihren Nacken drückte. Gleichzeitig stürmte der große Mann von vorne auf sie zu. Carl bugsierte von hinten die Gepackte dem Zweiten entgegen. Beide riefen etwas zu Jo, ein schnelles Kommando. Carl hatte Jo jetzt doch erkannt und grunzte hysterisch: »Josemin, verdammt, gib's ihr! Verpass der Schlange was!«

Jo stand wie angefroren. Er begriff, dass die beiden jetzt jede Regel missachten wollten, auch Jo sollte angreifen, zu dritt würde man kurzen Prozess mit ihr machen. Ein Exempel statuieren. Der Große schlug der Frau mit der Faust in den Bauch. »Jetzt! Schnell!« brüllte Carl von hinten, »Hawel, du Null, hau ihr eine rein - oder sie killt uns alle!«

Madame lachte auf. »Los Su, eine Partie Simultan-Schach liegt dir doch bestimmt.«

Die gepackte Frau wand sich so gut sie konnte und trat mit ihren Füßen nach vorne auf den Angreifer. Ihre Bewegungen waren kräftig und entschlossen. Jo beobachtete das Schauspiel regungslos. Er sah, dass Carl zu schwach war, die große Frau noch länger festzuhalten. Er schloss die Augen. Nein, er würde nicht mitmachen. Er wollte seine Freiheit. Er wollte den Einzelkampf.

Der große Mann schlug ihr auf die zappelnden Beine. Doch die Männer bekamen die Nackte nicht unter Kontrolle. Susan wand sich wie eine Schlange im Wasser. Jo sah, dass Carl von hinten nicht mehr lange die Kraft haben würde, die Gepackte zu bändigen. Voller Entrüstung blickte er zu ihm hinüber. Verdammt, warum half Jo nicht?

Su genügte eine geschmeidige Drehung, um Carl über die Schulter zu werfen. Mit einem Judowurf schmetterte sie ihn krachend auf die Matte. Sofort trat sie nach. Sie erledigte ihn mit einem einzigen platzierten Fußstampfer - genauso schnell, wie sie den Ersten getötet hatte. Carl lag bewusstlos da.

Jetzt war sie frei. Wie eine Raubkatze umkreiste sie den Großen. Sie hielt die Hände wie Klauen griffbereit und kontrollierte die Distanz. Sie hatte alle Möglichkeiten.

Jo spürte, dass er der Letzte werden könnte. Gut. Er ballte die Faust mit dem Eisenring. Er würde sie schlagen. Als müsse er seine Entschlossenheit schweigend sammeln, hob er die Faust zum Mund und drückte den Ring auf die Lippen. Dieses kalte Eisen wollte er ihr in ihren Körper rammen. Er war kein Schwächling wie Carl.

Und dann ertappte er sich bei dem Gedanken, dass zuvor der dritte Mann die Frau müde machen möge. Irgendeine ernsthafte Verletzung musste er ihr zufügen. Er sollte sie bis zur Erschöpfung hetzen und ihr schwere Wirkungstreffer zufügen. So würde er am Ende die beste Chance haben.

Die Frau ging mit voller Energie auf ihren Kontrahenten los. Sie schlug mit ihren Handkanten zu. Nur knappe drei Meter stand sie jetzt von Jo entfernt, sie drehte ihm ihren Rücken mit dem schmalen, muskulösen Hintern zu. Jo sah, wie sie mit einem wilden Sprung die Laufrichtung des Gegners abschnitt. Sie trieb den Kerl in die Enge. Und obwohl sie ausschließlich auf den großen Mann konzentriert schien, hatte sie Jo nicht vergessen - wie er plötzlich erleben musste. Wie beiläufig sprang sie ohne Vorwarnung rückwärts, federte auf ihren muskulösen Beinen in einen gedrehten Eselssprung - und rammte ihren Fuß heftig in seine Hoden.

»Ups« lachte die Rothaarige. »Vorsicht: Fuß!«

Jo spuckte. Damit hatte er nicht gerechnet. Innerlich fluchte er über seine Naivität. Warum auch sollte sich die Frau an die Regel halten, nachdem ihre Gegner es nicht getan hatten? Sie war nur konsequent. Mitleidslos hatte sie Jo eine Kostprobe ihrer Kampfkraft verpasst. Sie war die Dampflok und er ein Fußgänger.

Der Schmerz zwang ihn nieder. Jo knickte in die Hocke. Kalter Schweiß brach auf seiner Stirn aus. Ihr Fuß hatte ihn so wuchtig gegen die Rückwand geschmettert, dass er zwischen ihrem Ballen und der Mauer schmerzhaft eingequetscht worden war.

»Dame schlägt Bauer«, lachte die Rote, als sie Jos schmerzverzerrtes Gesicht sah.

Ohne sich um Jos Niederschlag weiter zu kümmern, ging die Kämpferin mit Karateschlägen auf den großen Mann los. Sie sprang ihn an und drängte ihn peitschend vor sich her. Als er rückwärts stürzte, war es auch um ihn geschehen. Sie zögerte keine Sekunde, ihn am Boden in den Hals zu treten.

Die Rote applaudierte mit graziöser Ironie. »Das sieht nicht nach einem Remis aus, meine Beste...« Ihr klatschender Beifall tröpfelte durch die Kammer. Jo hörte den Atem der Blonden, die vergnügt aufstöhnte. Sie hatte drei Männer bezwungen, nichts weiter. Nichts als ein Sport eben. Sie griff nach einem Handtuch und rieb sich den Schweiß vom Gesicht.

Beide Frauen schienen jetzt keinen Zweifel daran zu hegen, dass Jos Wille gebrochen war. Tatsächlich war er keuchend am Boden liegen geblieben. Neben ihm sah er Carl liegen, der langsam zu Bewusstsein zu kommen schien. Aber auch er zog es vor, bewegungslos zu bleiben. Vielleicht würden sie beide überleben, dachte Jo, wenn sie sich einfach nicht bewegen würden. Jo gab auf.

Als Susan über die Männer, die leblos dalagen, hinweg geschritten war, machte sich ein zufriedenes Lächeln auf ihrem Gesicht breit. Sie rieb sich kurz die Nase, ging hinüber zur anderen Seite, wo die Chefin ihr mit schräg gehaltenem Kopf applaudierte. Als Susan bei ihr angekommen war, legte sie ihre Hände an Susans Hüften und zog sie zu sich.

»Das hast Du sehr gut gemacht«, lobte die Rote. Sie wischte der Nackten die Haare aus der Stirn. Dann küsste sie ihr behutsam auf den Mund.

»Lass den Bauern dort drüben noch eine Weile liegen«, sagte sie. »Ist das etwa der Idiot, den ihr aus dem Vorort angelockt habt? Den kannst du doch später noch auseinandernehmen.«

34. Flucht

Jo krümmte sich lange unter den Schmerzen, die wie ein giftiger Schimmel in seinen Körper gekrochen waren. Seine Beine fühlten sich schwach und weich an. Auch sein Rücken schmerzte durch den Abdruck der spitzen Mauersteine. Er musste hier hinauskommen. Egal wie, ins Freie, fort von diesen gefährlichen Frauen. Vor allem aber: Er musste Sai finden.

Die Frauen beachteten ihn jetzt nicht mehr. Jo war viel zu schwach, als dass noch eine Gefahr von ihm ausgehen könnte. Dann gab es ein klickendes Geräusch. Wieder war alles Schwarz. Eine der beiden hatte offenbar den Lichtschalter betätigt. Vermutlich wollten sie in völlige Dunkelheit ihre Zärtlichkeiten austauschen. Jo hörte, wie Hände über Stoff glitten. Auch meinte er, das Geräusch eines Reisverschlusses zu hören.

Er wollte fort. Er ballte seine rechte Faust. Er versuchte abzuschätzen, wie weit die Tür von ihm entfernt sein mochte. Er musste jetzt alles auf eine Karte setzen. Was blieb ihm anderes übrig? Nachdem er sich möglichst lautlos mit zusammengebissenen Zähnen erhoben hatte, holte er tief Luft. Er nahm all seinen Mut zusammen. Er horchte noch einmal kurz, ob die Frauen ihn bemerken würden. Innerlich flehte er, dass keine der beiden jetzt das Licht einschalten möge.

Dann rannte er los. Durch die Finsternis stürmte er direkt auf jene Stelle zu, an der er hoffte, dass sich dort die Tür befinden würde.

Was hatte er zu verlieren? Würde er die Mauer treffen, ginge er vermutlich K.o. Eine Vorstellung, die ihn längst nicht mehr schreckte. Im Gegenteil. Sollte er doch wegdämmern - es wäre eine Erlösung gewesen.

Er brauchte ungefähr sieben Schritte. Er spürte eine verkniffene Angst kurz vor dem Aufprall. Dann drehte er den Körper, zog das Kinn auf die Brust und stieß die rechte Schulter voran. Sein gesamtes Gewicht sollte mit der Schulter gegen die Tür rammen. Sie war aus stabilem Holz gewesen, daran erinnerte er sich genau.

Es krachte. Jo stieß einen blökenden Schrei aus, wie ein Ziegenbock auf der Schlachtbank. Und wirklich: Er schoss durch das splitternde Holz hindurch! Eine Latte schrammte an sein Ohr, seine Füße stolperten durch die Holzteile, doch das war ihm egal. Nur durchkommen - das zählte. Einfach raus! Er war im Fallen sogar ein wenig überrascht, dass sein Plan tatsächlich funktioniert hatte. Brüllend stürzte er auf den Boden des Ganges, Sand spritzte ihm in den Mund. Hinter sich hörte er die Stimmen der Frauen: »Der Bauer, er haut ab! Gib Alarm!« Jo robbte durch den Sand, kam auf die Füße und rannte.

Und rannte. Schneller. Er sprintete immer weiter fort und war selbst erstaunt, wie viel Kraft er plötzlich mobilisieren konnte. Mit vollem Tempo schoss er den Gang entlang, wie damals, als er über die Wiese in die Stadt gelaufen war. Jetzt blieb ihm keine Zeit, zu den Seiten zu blicken. Vorbei an den Zellen der übrigen Gefangenen schoss er, vorbei an ihren verängstigten Augen, vorbei an ihrem Leid. Einige riefen etwas, doch Jo bog bereits um die nächste Ecke. Es roch hier übel. Dann sah er Metallstäbe, hinter denen etwas aufsprang, fauchend. Ein Tiger riss sein Maul auf und sprang gegen die Stäbe. Was für Pranken er hatte! Und wie schwer so ein Koloss war, wenn man so dicht vor ihn geriet. Seine Tatze war ebenso groß, wie Jos Kopf und sie griff so schnell zwischen den Stäben durch, dass sie ihn beinahe erfasst hatte. Seine rapiden Bewegungen mussten die Katze gereizt haben. Oh mein Gott, was hatten diese Bestie hier zu suchen, dachte Jo. Er rannte weiter, den Schlagring in seiner Rechten fest umklammert. Der Sand des Bodens schnitt ihm blutige Schrammen in die Füße. Wenn er stürzte, rollte er mit vollem Schwung weiter, keinen Meter Abstand durfte er zu seinen Verfolgerinnen verlieren. Er spuckte Sand aus. Zwar schien es ihm, als wäre die Rothaarige nach der ersten Abzweigung stehen geblieben. Sie hatte nach Verstärkung gerufen. Auch die Blonde schien die Verfolgung für einen Moment aufgegeben zu haben. Womöglich suchte sie ihre Kleidung.

Oder den Schlüssel vom Tigerkäfig.

Jo rannte.

Er bog um eine Ecke, drehte sich wie ein gehetzter Hase, sah eine Sackgasse. Sofort schlug er die andere Richtung ein. Verdammt, es musste doch einen Ausgang geben! Jetzt wurde der Gang breiter. Jo legte einen Zahn zu. Die Wände waren hier sauberer, und der Boden bestand aus glattem Stein. Jo rutschte. Im Taumeln sah er am Ende des Flurs eine meterhohe Tür auf sich zufliegen. Er stürmte mit bebendem Herzen darauf zu, voller Furcht, auch diese könnte verschlossen sein. Dann säße er endgültig in der Falle.

Sein Körper schlug schmatzend gegen die Planke. Rechtzeitig abzustoppen, war ihm nicht mehr gelungen. Schweiß und Blut hatten seinen geschundenen Körper mit einem Schmierfilm überzogen. Voller Verzweiflung drehte er an dem Knauf, erwartend, dass auch diese Tür verschlossen wäre. Sein Puls tuckerte. Doch dann geschah das Wunder: Die Tür öffnete sich und Jo segelte in einen Raum, der von einem weichen Teppich bedeckt war, er schwebte in einem langsamen Sprung über die weinrote Ebene und konnte schon im Flug den weichen Untergrund sehen, auf dem er sanft landen würde. Im Stolpern sah er, dass an den Rändern Kerzen standen, von denen einige brannten. Friedlich und behaglich war es hier, kein Vergleich zu den Zellen unten. Hinter ihm schmatzte die Tür zu. Jo glitt zu Boden. Und es wurde still.

In der Mitte saßen zwei Frauen an einem kleinen Tisch. Sie blickten auf Spielfiguren, die als schwarze und weiße Armeen voreinander standen. Jo rollte über den Boden, stand geschickt wieder auf und lehnte sich keuchend an die Tür. Er spürte Stiche über seinen Leisten.

Die Frauen sahen ihn unverwandt an.

Die eine von ihnen war eine korpulente Frau in grünem Kleid. Sie trug eine Ponyfrisur und hinter ihrer runden Brille rollten zwei gutmütige Augen. Es roch nach Vanille. Die zweite Frau rührte in einer Tasse Tee. Sie trug ein violettes Kostüm und hatte eine Illustrierte auf dem Schoss liegen. Wie in Zeitlupe drehte sie sich zu ihm um, und Jos Blick stürzte in den Ozean ihrer Augen. Die Frau im violetten Kleid war...

Sai.

Jo brach in stummem Glück zusammen. Er war gerettet. Sai würde ihn aus dieser furchtbaren Sache rausbringen, sie kannte die Gesetze des Landes, sie könnte ihm helfen, einen Bus für die Rückreise zu finden, sie würde diese Sklaventreiberinnen auf die Rechtslage aufmerksam machen!

»Sai! Da bist du ja!«, rief er und wischte sich das Blut von den Lippen. Das Glück gab ihm neuen Mut. Feierlich machte er den Rücken gerade.

Sai hob langsam den Kopf und sah ihn an. Eilig stiefelte Jo auf sie zu und streckte ihr Hilfe suchend die Hand entgegen.

»Kennst du den?«, fragte die rundliche Frau. Sie zog die Augenbrauen hoch. Sai blickte mit einem Ausdruck der Verlegenheit über das Schachbrett. Sie wirkte jetzt völlig verändert, seit Jo sie das letzte Mal gesehen hatte. Härter, unnahbarer und sonderbar hochmütig. Sie stand mit einer resoluten Bewegung auf und bedeutete ihm, nicht näherzukommen.

»Sai, bitte hilf mir! Die sind hinter mir her! Ich muss hier raus. *Wir* müssen hier raus.«

Sai blickte ihn mit einem leicht angewiderten Ausdruck an. »Jo, sag mal...«, sie räusperte sich, »wie siehst du eigentlich aus? Ich dachte, Du bereitest dich auf deinen Einsatz vor?«

Jo schwieg. Einsatz? Was für ein Einsatz? Was verdammt meinte Sai damit? Jetzt bemerkte er, dass es hier unangenehm roch. Nach Schweiß und Dreck. Er brauchte einen Moment, bis er verstand, dass der Geruch von ihm selbst ausging. Aber was machte das schon, jetzt, wo er Sai gefunden hatte, und die Sache kurz davor stand, endlich ein gutes Ende zu nehmen?

Die Braunhaarige fasste Sais Hand und sagte: »Anoje, was ist das für ein Kerl?«

Sai blickte zu Boden. Sie schwieg.

»Ist das etwa der, den Du letzte Woche an Madame liefern wolltest?« Die Braunhaarige rollte mit den Kalbsaugen. »Gute Güte, den solltest du aber erst mal gründlich aufmöbeln, bevor du den der Chefin zeigst.« Die Dicke nahm ihre Brille ab und rieb die Gläser in einer Falte ihres Pullovers. »Blümchen, Blümchen. Du machst Sachen.«

Jo stand wie vom Blitz getroffen. Ihm tropften Speichel und Blut vom Kinn. Anoje sah ihn an. »Bitte verzeih mir, Jo.«

Anoje? Josemins Hirn stand still. Was bedeutete schon ein Name? Das, was eine Rose genannt wird, würde gleich süß unter einem anderen Namen duften.

Dann gab es einen Knall. Direkt über seinem Kopf polterte plötzlich etwas. Ein rumpelndes Geräusch krachte, als würde ein Teil der Decke niederstürzen. Auch quietschte etwas metallisch. Das Krachen klang nach einem Gegenstand aus Holz und Jo sprang im Reflex sofort zur Seite. Dann hörte er das Rasseln einer Kette. Er sah aus den Augenwinkeln, wie ein Gegenstand auf ihn herabsauste. Er riss schützend beide Hände über den Kopf, aber der Schreck hatte ihn bereits stolpern lassen. Er besaß nicht einmal mehr die Kraft, eine solch einfache Bewegung auszuführen. Nicht umzuknicken, auf dem weichen Flaum, war schwer. Er stolperte und fiel erschöpft auf den Teppich. Ein bisschen rollte er, wie ein Müllsack im Wind.

Mit der Wange auf dem Teppich liegend sah er, wie sich knarzend die Tür öffnete. Über seine Nase lief etwas, das man eine Träne hätte nennen können. Sie tropfte in den Flaum, direkt in die Mitte einer orangefarbenen Blüte. Jo sah, wie die Rothaarige und fünf weitere Gestalten hereinkamen. Die Blonde marschierte vorweg und blies wütend ihren Atem aus geröteten Nasenflügeln. Sie trug jetzt ein ledernes Kostüm und hatte sich mit einer Peitsche bewaffnet.

Aus seiner schrägen Perspektive sah Jo, wie sie alle näherkamen: Die rothaarige Chefin, die Blonde mit der Peitsche, eine dicke Brillenträgerin, eine junge Frau, die einen Motorrad-Helm unter den tätowierten Armen trug, eine Hagere mit hässlichem Mund, und zwei muskulöse Frauen, die einen Tiger am Halsband bändigten.

Und Sai.

Oder sollte er Anoje sagen?

Was immer die Damen mit ihm vorhatten - sein Widerstand war gebrochen. Sie spazierten jetzt um ihn herum wie die Jagdmeute um den Hasen. Dann fühlte er, wie eine Hand ihn am Knöchel fasste und bäuchlings über den Teppich zog. Die Blonde hatte ihn gepackt. Jo hörte das klirrende Geräusch der Kette, die von oben herabgelassen worden war. Jetzt sah er direkt nach oben, erkannte die Falltür unter der Decke, von wo die Kette schnurrend herabfiel. Sie baumelte jetzt wie eine Angelschnur in die Tiefsee. Und Jo bildete den Fisch am Haken.

Sie schleifte ihn zur Mitte und legte mit flinken Bewegungen die Schlaufe um seine Fußknöchel. Beide Füße presste sie aneinander, und wickelte sie mit dem Seil zu einem Bündel zusammen.

»Oben brauchen sie Material«, lachte die Blonde. Dann spürte er einen Ruck. Wie ein Ochse, der am Haken hing, wurde er in die Höhe gezogen. Das Blut schoss ihm in den Kopf. Auch wenn er jetzt kopfüber hing, konnte er die Gesichter der Frauen erkennen. Er hing in einer idealen Höhe, um für die Tiger zu einer bequemen Mahlzeit zu werden. Doch auch die Blonde wollte ihm noch ein Andenken verpassen. Sie ließ ihre Mäusezähne aufblitzen und rollte die Peitsche aus. Der erste Schlag explodierte, wie zur Probe, dicht neben seinem Kopf.

»Oh!«, seufzte die Mollige.

Der zweite Hieb schnitt ihm tief in den Rücken. Jo schrie. Ihr dritter Hieb intensivierte seinen Schmerz und fräste eine zentimetertiefe Furche in seine Schulter. Das Blut und seine zappelnden Bewegungen hatten sofort den Tiger elektrisiert, das konnte Jo erkennen, als er wie ein drehender Kreisel einen Blick auf ihn erhaschte. Die Wärterinnen brauchten all ihre Kraft, um das Tier an der Kette zu halten.

Jo wünschte, es würde schnell gehen. Er wollte sterben. In seiner wirbelnden Drehung rauschten immer wieder die Bilder der Frauen an ihm vorbei. Die Braunhaarige kaute an ihren Fingernägeln. Sai legte eine Hand an die Wange und hielt den Kopf schief. Die Blonde ließ immer wieder die Peitsche auf ihn eindreschen.

Jo dachte an Carl. Er hätte ihm helfen müssen.

Jetzt war Sai aufgestanden und zu Madame gegangen. »Bitte tötet ihn nicht«, hörte er sie sagen. Ihre Stimme zitterte. Die Rothaarige rümpfte die Nase, sagte aber nichts. Jo sah sein Blut, wie es auf die Blüten des Teppichs tropfte. Er hörte Sais Stimme: »Bringt ihn später in die Arena. Gebt ihm irgendwann später eine Chance.« Wieder ließ Madame ein bedeutsames Schweigen entstehen. »Ich habe ihn gerne«, hörte er Sai fast weinend sagen.

Jos wirbelnde Drehung wurde langsamer. Das Blut pochte in seinen Schläfen. Er sah, dass die Rote ihren Kopf zu einem gnädigen Nicken bewegte. Sais Wunsch sollte entsprochen werden.

Sai - oder sollte er Anoje sagen, das war nun gleich - stand jetzt an der Wand. Neben einem Vorhang befand sich eine Apparatur, eine Art Schalter. Sai blickte zu dem pendelnden Jo.

»Jo, vergib mir.« Dann drückte sie den Kopf.

Ein rasselnder Motor brummte auf. Die Kette machte einen Ruck und zog Jos Körper knirschend nach oben. Ruckend schwebte er langsam Richtung Decke. Unter sich sah Jo, wie die Raubkatze in einem Sprung hinter ihm hersetzen wollte. Die Wärterinnen stemmten sich mit aller Kraft in die Ketten und konnten das Tier bändigen. Und die Beute entschwebte durch die Luke. Auch Su sah im wehmütig nach. Betrübt rollte sie die Peitsche auf.

Sai blickte auf das Blütenmuster am Boden. Jo fand, dass es eine wirklich interessante Form besaß.

Als Jo oben angelangt war, schaukelte sein Körper kaum noch. Er spürte keinen Schmerz mehr, die Schlinge um seine Füße schien sogar ein wenig gepolstert zu sein. Die Klappe schloss sich einen Meter unter seinem Gesicht. Dann erkannte er, wo er war. Er hing im Lager der schwarzen Gladiatorinnen. Zwischen den übrigen Boxsäcken baumelte er und sah, wie sich von den Seiten dunkle Gestalten näherten. Er hörte, wie die Frauen sagten: »Oh, qu'est-ce-que c'est?« Ein wenig verstand Jo ihre Sprache. Ein neues Trainingsgerät sei eingetroffen und was für eine schöne Abwechslung das wäre, zischelten sie. Man freute sich über den Gast. Neues Material. Jo sah, wie eine Frau ihre Sandalen von den Füßen streifte. Das Training konnte beginnen.

35. Zurück im Leben

Straßenlärm, überall. Motoren knurrten, Autos rauschten. Das Dröhnen in Jos Kopf rüttelte jede Fuge seines Bewusstseins durcheinander, bis etwas Feuchtes aus seiner Nase lief. Er hatte das Gefühl, als drücke ihm etwas von der rechten Seite auf die Wange. Eine Steinplatte?

Jetzt nahm der Lärm, der milchig aus der Ferne grollte, immer mehr zu. Es mussten die Trommeln sein, dachte Jo, die ihn in den Kessel riefen. Er lauschte ihnen mit pochendem Puls. Aber...

Nein, es waren keine Trommeln! Vielmehr klang es, als rauschten dort gewöhnliche Autos an ihm vorbei. Und das, was ihm von der Seite gegen die Wange drückte - war in Wirklichkeit der Gehweg. Jo lag am Boden, auf der Straße. Er tastete über den Asphalt. Nass und kalt fühlten sich der Stein an. Jo merkte, dass er im Freien lag, und als er den Kopf drehte, kamen Lichter auf ihn zugefahren.

Natürlich, dachte er, das ist der Bus... Der Nachtbus, pünktlich, wie immer. Sein Kopf vibrierte in tanzenden Schmerzen.

Benommen versuchte er, sich zu erheben. Er musste auf den Boden geschlagen sein. Verdammt, er würde zu spät kommen. Hatte er geschlafen? Sai wartete doch auf ihn, in der Stadtmitte von Tschita. Sie wollten doch ins Kino gehen.

Als er seinen schmerzenden Kopf drehte, sah er sie. Sais blasses Gesicht schwebte über ihm, wie eine Blume in der Nacht. Hinter ihrem weichen Gesicht ragten die Häuserfassaden in den Nachthimmel. Eine violette Blume steckte an ihrem Ohr. Ganz nahe beugte sie ihr Gesicht jetzt zu ihm. Er spürte ihre Wärme. Sie streichelte seine Wange. Er lag in ihren Armen.

»Jo, hörst Du mich?«, fragte sie. Besorgt sah sie zu ihm hinab, aber er konnte nicht sprechen. »Jo, steh auf, du wirst dich erkälten. Wir müssen hier fort.«

Jo verstand. Als würden die Teile eines Puzzles zu Boden fallen und dort wie zufällig das richtige Bild ergeben, so komplettierte sich jetzt sein Bewusstsein. Alles passte. Er lag auf dem Gehweg neben der Straße. Der Bus musste ihn doch erwischt haben. Tschita war nicht Kujai. Es war alles nur ein schlimmer Traum.

»Wo bin ich?«, stammelte er.

»Na hier, im Zentrum«, sagte Sai mit milder Stimme. Sie griff in die kleine Umhängetasche und suchte etwas darin. »Wir waren doch verabredet. Ich habe auf dich gewartet. Und dann überall nach Dir gesucht.« Sie wischte ihm mit einem Taschentuch über die Lippen. »Dann habe ich dich hier gefunden. Mein Gott, wie lange hast Du denn in der Kälte gelegen?«

Jo richtete sich zitternd auf. »Ich weiß es nicht.« In seinem Kopf summte ein stechender Ton. »Ich habe geträumt.«

»Geht es dir nicht gut? Jo, du siehst schlecht aus...«

»Es geht schon.« Er würgte.

Die Straßen waren menschenleer. Aus einem Restaurant blickte ihn ein Kellner aus leeren Augen an. Er sah aus wie Carl. Wie spät mochte es sein? Jo fror.

Sai half ihm in den Transporter. Sie hatte den Wagen mit einem Wink an den Rand gelotst. Jo stieg bibbernd auf die Sitzbank und sackte in sich zusammen. Apathisch starrte er auf seine Füße. Der Traum hatte ihn tief verstört.

»Du hättest den weiten Weg nicht alleine laufen sollen«, tadelte sie. »Du kennst dich hier doch gar nicht aus. Wieso bist du nicht einfach mit dem Bus gekommen?«

Jo konnte keine Antwort geben. »Fahren wir zu Dir nach Hause?«, flehte er leise.

Der Wagen nahm langsam Fahrt auf. Die Häuserfronten zogen vorbei. Durch die Scheibe sah Jo die Lichter von jenem Haus, das in seinem Traum der ›Tempel der Lichter‹ genannt wurde. Was hatte er bloß alles halluziniert?

Wirre Sachen.

In seinem Magen zog sich ein tauber Schmerz zusammen, als die Bilder jetzt verschwommen zurückkehrten. Der Kessel, die stickigen Kammern, der rote Teppich. Wie eine Nussschale lag der Komatraum über seinem Bewusstsein.

»Bringt ihr mich ins Krankenhaus?«, fragte er.

Sai blickte aus dem Fenster. Der Wagen glitt jetzt zügig durch die Straßen. Aus dem Radio jubilierte klassische Musik. Die Sinfonietta von Janacek. Musik seiner Heimat.

»Ja, wir kümmern uns um dich«, hörte er plötzlich eine zweite Stimme sagen. Jo zuckte zusammen. Die Stimme kam von einer Frau und besaß einen russischen Akzent. Sie gurrte dunkel und kam von der anderen Seite. Jo fuhr herum und sah, dass links neben ihm noch jemand saß. Die Frau trug die Uniform einer Sanitäterin. Der Transporter glitt jetzt in eine Unterführung.

Jo blickte der Fremden seitlich ins Profil. Sie hielt ihren Blick unbewegt geradeaus in Fahrtrichtung. Ihre Haare waren zu einem schwarzen Zopf geflochten und ihre Lippen leuchteten in dunklem Rot.

Jos Herz schlug schneller. Er kannte sie! Wie konnte er von dieser Frau geträumt haben? Über eine Stunde lang hatte er im Fieber von einer Sanitäterin fantasiert, die er jetzt zum ersten Mal in seinem Leben sah. Das war unmöglich.

»Du brauchst Ruhe, Jo«, hörte er Sai sagen. Sie legte ihm ihre Jacke über die nackten Schultern. Jo lauschte in sich hinein. Das Puzzle in seinem Kopf begann zu kichern. Sai sprach mit beschwörender Stimme: »Du hättest nicht fortlaufen dürfen, Jo.« Sie massierte ihm mit der Hand den Nacken, als wollte sie ihn wärmen. Der Wagen war zum Stehen gekommen.

»Hast Du vergessen, was du mir antust, wenn du einfach verschwindest?«

Jo sog die Luft ein. Es war kühl in der Garage des Krankenhauses. Er blickte auf die Wände der Einfahrt. Er fühlte sich sehr schwach.

»Du musst wieder zu Kräften kommen.« Sai streichelte ihm über die bärtige Wange. Jo nickte. Er blickte auf seine Füße. Seine rechte Hand schmerzte. Das Puzzle in seinem Kopf hatte sich zu einem Schachbrett geformt. Ein weißer Bauer kippte um. Er kicherte wie Carl.

»In zwei Monaten musst du fit sein.« Sai beobachtete ihn von der Seite und zog ihre Hand zurück. Sie hatte Flecken von Jos Blut abbekommen. Sein Körper war mit unzähligen Schnitten und

Wunden übersät. Seine nackten Füße waren blau angelaufen und mit Blut beschmiert. Die Boxershorts hingen ihm zerrissen über den Hüften. Dutzende, tiefe Striemen mit bräunlichen Krusten waren überall in seinen Körper geschnitten. Ihm fehlten mehrere Vorderzähne.

»Wasch dich erst mal.«

Jo starrte zu Boden.

»Du kannst es schaffen, Jo.« Sie streichelte ihn.

Jo konnte keinen Gedanken fassen. Der Bauer rollte einen Steg entlang, fiel in den See und versank.

»Jo, hast du noch meinen Talisman?«

Jo sah unverwandt seinen rechten Arm hinab.

Er nickte.

XXX

Fortsetzung folgt

Wird Anoje ihren Weg durch die Härten von Madames Reich finden?
Verglichen mit Susan ist sie nur ein Täubchen.
Vielleicht liegt die Lösung in einem einfachen Plan:
Anoje plant die Flucht.
Und sie wagt ein neues Leben. Ein etwas anderes Leben.
Vielleicht träumt sie nur,
vielleicht ist alles eine Halluzination vom Likör...
Anoje zieht auf das Schloss Taubenschlag.

http://tomasmaidan.jimdo.com/